おチビがうちにやってきた!

颯太に好きな人!?
胸さわぎのバレンタイン

柴野理奈子・作
福きつね・絵

集英社みらい文庫

もくじ contents

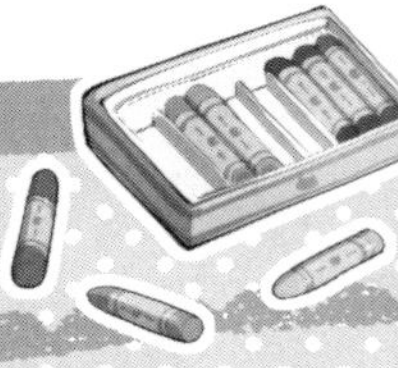

キャラクター紹《しょう》介《かい》
characters
横《よこ》山《やま》颯《そう》太《た》
勉強《べんきょう》もスポーツもできる。
実咲《みさき》の幼《おさな》なじみで
お隣《となり》さん。
春《はる》沢《さわ》実《み》咲《さき》
小《しょう》6。子《こ》ども好《ず》きの
心《こころ》やさしい子《こ》。
ちなつが大《だい》好《す》き!
ちなつ
人《ひと》なつこい3才《さい》の女《おんな》の子《こ》。
なんと“未来《みらい》が見《み》える”
トクベツな力《ちから》が。

story
あらすじ

ちなつちゃんは
“未来《みらい》が見《み》える”
女《おんな》の子《こ》。

わけあって、私《わたし》が
育《そだ》てているの。

ちなつちゃんと散歩中《さんぽちゅう》、
公園《こうえん》で遊《あそ》ぶ颯太《そうた》を発見《はっけん》。
リュックから落《お》ちそうな
紙《かみ》をひろったら——

**なんと、
ラブレターみたい!?**

バレンタインはもう目前《もくぜん》。
今年《ことし》は颯太《そうた》に
“トクベツ”なチョコを
あげたいけど、
ラブレターが気《き》になって……。

駅前《えきまえ》でプレゼントを持《も》つ颯太《そうた》を見《み》かけ、

デートかなって胸《むね》が痛《いた》んだけど、

おばあちゃんのところに

行《い》く途中《とちゅう》だった。

施設《しせつ》にいるんだって、

知《し》らなかった……。

「おばあちゃんはオレを忘《わす》れちゃう」と、

さびしそうな颯太《そうた》。

私《わたし》――

颯太《そうた》とおばあちゃんの

大切《たいせつ》な約束《やくそく》を

叶《かな》えてあげたい!!

本文《ほんぶん》を読《よ》んでね♪

プロローグ

「さっぶー！　さむっ、さむっ、さむっ！」

朝《あさ》からふっていた雪《ゆき》はもうやんだけど、地面《じめん》はまだ白《しろ》い。

犬《いぬ》の大福《だいふく》が歩《ある》くたび、小《ちい》さな足跡《あしあと》が雪《ゆき》の上《うえ》につづいていく。

私《わたし》は大福《だいふく》のリードを持《も》ってない方《ほう》の手《て》で腕《うで》をさすりながら歩《ある》いていた。

今日《きょう》から2月《がつ》。まだ夕方《ゆうがた》の5時《じ》だというのに、あたりはもう薄暗《うすぐら》い。

暦《こよみ》の上《うえ》ではもうすぐ春《はる》だけど、まだまだ寒《さむ》さはきびしくて、冷《つめ》たい空気《くうき》がピリッと肌《はだ》を突《つ》き刺《さ》してくる。

「ねえねえ、ちゃきちゃん！　みて！　みて！　だいちゃんのあちあと！」

ちなつちゃんが、大福《だいふく》の足跡《あしあと》を指《さ》して、うれしそうにふりむいた。

「ふふふ。大福《だいふく》の足跡《あしあと》だね。ちなつちゃんの足跡《あしあと》も、可愛《かわい》い！」

大福《だいふく》の足跡《あしあと》のとなりに、ちなつちゃんの小《ちい》さな長《なが》ぐつの足跡《あしあと》もならんでいる。

「ねえねえ、ここに、ちゃきちゃんのあちあとも、つけて！」

「いいよ」

私《わたし》は、ちなつちゃんが指《ゆび》さす場所《ばしょ》を、ぽん、と軽《かる》く踏《ふ》んだ。

そっと足《あし》を外《はず》すと、私《わたし》のスノーブーツの足跡《あしあと》も、真《ま》っ白《しろ》な雪《ゆき》にくっきりと残《のこ》った。

「ちゃきちゃんのあちあと、おっきい！」

「あはは。そりゃ、大福《だいふく》とちなつちゃんとならべばね」

さっきからちなつちゃんが言《い》っている「ちゃきちゃん」っていうのは、私《わたし》のことだよ。

ちなつちゃんは、実咲《みさき》ってうまく言《い》えなくて、みさき↓みちゃき↓ちゃき、ってわけ。

「みて！　みて！　こーえん！　ゆき、いっぱい！」

やがて公園《こうえん》が見《み》えてくると、ちなつちゃんはぴょんぴょん飛《と》びはねながら、公園《こうえん》にかけていった。追《お》いかけるようにして、大福《だいふく》も走《はし》り出《だ》す。

「わわわっ！」

急《きゅう》にリードを引《ひ》っ張《ぱ》られた私《わたし》は、つんのめらないよう気《き》をつけながら、ちなつちゃんと大福《だいふく》のあとにつづいて公園《こうえん》に入《はい》っていった。

公園《こうえん》では、たくさんの子《こ》どもたちが遊《あそ》んでいた。

雪《ゆき》だるまを作《つく》っているグループもいれば、雪玉《ゆきだま》を投《な》げ合《あ》って、大声《おおごえ》をあげながら走《はし》り回《まわ》っている男子《だんし》たちもいる。……って、よく見《み》たら、大《おお》さわぎしながら雪合戦《ゆきがっせん》してるの、うちのクラスの颯太《そうた》やレントたちじゃん！

「わーい、そーたくんだ！」

ちなつちゃんも颯太《そうた》に気《き》づいたみたいで、両手《りょうて》をぶんぶんふった。

「おっ、ちなのすけ！　それに、大福《だいふく》も」

颯太《そうた》はふりむき、ニカッと笑《わら》った。その瞬間《しゅんかん》、

「すきあり！」

レントが投《な》げた雪玉《ゆきだま》が、颯太《そうた》の肩《かた》に直撃《ちょくげき》した。

ふぁさっ、とあたりに雪《ゆき》の粉《こな》が散《ち》る。

「レントめ。やったな！」

颯太《そうた》は肩《かた》をぱっぱっと払《はら》うと、ふと、ちなつちゃんを見《み》て、いたずらめかした笑《え》みを浮《う》

かべながら手招《てまね》きした。

「そうだ、ちなのすけ。ちょっとこっち」

「何《なん》だろうね。行《い》っておいで」

私《わたし》は、ちなつちゃんのマフラーをはずしてあげると、軽《かる》く背中《せなか》を押《お》した。

「そーたくん、なぁにー？」

ちなつちゃんは元気《げんき》よく、颯太《そうた》のもとに走《はし》っていった。

颯太《そうた》はちなつちゃんに雪玉《ゆきだま》を渡《わた》すと、耳《みみ》もとで何《なに》やらふきこんでいる。

ちなつちゃんはそれを聞《き》いてニヤリと笑《わら》うと、こっそりとレントの背後《はいご》に回《まわ》り、

「れんとー！」

「ん？　どした？　――うぎゃっ！　つべた!!」

ちなつちゃんがレントの背中《せなか》に雪玉《ゆきだま》を投《な》げつけると、レントは飛《と》び上《あ》がって驚《おどろ》いた。

それを見《み》て、颯太《そうた》とちなつちゃんが大喜《おおよろこ》びでハイタッチしている。

ふふふ。

レント、きっと、ちなつちゃんのためにおおげさにリアクションしたんだろうなぁ。

颯太《そうた》もレントもやさしいよね！

「実咲《みさき》も来《こ》いよ！」

「うん！　ちょっと待《ま》って！」

私《わたし》は、リュックや外《はず》したマフラーを置《お》くために、そばのベンチに近《ちか》づいた。

大福《だいふく》は、ベンチの脚《あし》もとにゆっくり座《すわ》った。

「大福《だいふく》、疲《つか》れたのかな？　ちょっとここで休《やす》んでてね」

大福《だいふく》は、もう、おじいちゃん犬《いぬ》。

散歩《さんぽ》の途中《とちゅう》でこの公園《こうえん》に来《く》ると、少《すこ》し休憩《きゅうけい》するのが習慣《しゅうかん》になっている。

ふと、ベンチの下《した》に颯太《そうた》のショルダーバッグが落《お》ちているのに気《き》づいた。

黒《くろ》いナイロン素材《そざい》のシンプルなデザインで、いかにも男《おとこ》の子《こ》が持《も》ちそうなやつだ。

チャックが開《あ》いたままで、中身《なかみ》が少《すこ》し飛《と》び出《だ》している。

「もう、颯太《そうた》ったら。ちゃんとしめなよ」

やれやれ。

そういえば、前《まえ》に颯太《そうた》の部屋《へや》に行《い》った時《とき》、部屋《へや》が散《ち》らかってたっけ。

何《なん》でもカンペキな颯太《そうた》だけど、案外《あんがい》ザツなところがあるよね。

「このままじゃ雪《ゆき》でべちょべちょになっちゃうよね」

私《わたし》は大福《だいふく》に話《はな》しかけながら、バッグを拾《ひろ》いあげ、雪《ゆき》を払《はら》った。

と、その時《とき》。

ぽとっ。

バッグから何《なに》かが落《お》ちた。

ノートの切《き》れ端《はし》かな。

落《お》ちたのは、四《よ》つ折《お》りにした紙《かみ》みたい。

「いけない。雪《ゆき》でぬれちゃう」

私《わたし》はあわててその紙《かみ》を拾《ひろ》いあげ、バッグに押《お》しこもうとして――。

大好《だいす》きなあなたに

――えっ？

読《よ》もうと思《おも》ったわけでもないのに、文字《もじ》が目《め》に飛《と》びこんできて、思《おも》わず二度見《にどみ》してしまった。

大好《だいす》きなあなたって、どういうこと……？

——どき。どき、どき……。

私《わたし》は、拾《ひろ》いあげた紙《かみ》を手《て》に持《も》ったまま、そっとあたりを見回《みまわ》した。

颯太《そうた》は相変《あいか》わらず雪合戦《ゆきがっせん》に夢中《むちゅう》で、こっちに背《せ》をむけたまま、大声《おおごえ》をあげてレントを追《お》いかけ回《まわ》している。

——ダメだよ。

人《ひと》のものを勝手《かって》に見《み》るなんて。

……そう自分《じぶん》に言《い》い聞《き》かせながらも、好奇心《こうきしん》には勝《か》てなくて——。

私《わたし》はそっと、紙《かみ》をひらいてしまった。

約束《やくそく》したあの場所《ばしょ》にあなたをつれていってあげたい
大好《だいす》きなあなたに、見《み》せてあげたい

思《おも》い出《で》のあの場所《ばしょ》に

ドクン……ドクン……ドクン……。

これって——まるで、ラブレターみたい。

しかも、この字《じ》は、まちがいなく颯太《そうた》の字《じ》だ。

紙《かみ》を持《も》つ手《て》がカタカタとふるえた。

私《わたし》はそっと、顔《かお》をあげた。

ちなつちゃんと一緒《いっしょ》に雪玉《ゆきだま》を作《つく》っている颯太《そうた》の横顔《よこがお》と、紙《かみ》に書《か》かれた文字《もじ》とを見比《みくら》べる。

——ねえ、颯太《そうた》。誰《だれ》にむけてこんな言葉《ことば》を書《か》いたの？

約束《やくそく》した場所《ばしょ》って、どこ？

誰《だれ》と約束《やくそく》をしてるの——？

「実咲《みさき》、何《なに》やってんの？　早《はや》く来《こ》いよ！」

颯太《そうた》がふりかえり、じれったそうに私《わたし》を呼《よ》んだ。

「う、うん、今行《いまい》く！」

私《わたし》は手紙《てがみ》をあわててショルダーバッグに押《お》しこむと、

「じゃあね、大福《だいふく》。ちょっとここで待《ま》っててね」

「わふっ！」

大福《だいふく》に手《て》をふり、颯太《そうた》とちなつちゃんのもとへかけよった。

「ちゃきちゃん、おそいよ！」

「ごめん、ごめん。お待《ま》たせ」

「はい、これ。ちゃきちゃんのだよ！　そーたくんが、ちゅくったよ！」

ちなつちゃんが、おにぎりほどの大《おお》きさの雪玉《ゆきだま》を渡《わた》してくれた。

「ありがと」

私《わたし》はなんとか笑顔《えがお》を作《つく》りながら、雪玉《ゆきだま》を受《う》けとると、レントにめがけて投《な》げた。

でも、雪玉《ゆきだま》は弧《こ》を描《えが》いて、ぜんぜんちがう方向《ほうこう》に飛《と》んでいく。

「へったくそ！」

それを見《み》て、颯太《そうた》とレントはゲラゲラ笑《わら》った。

私《わたし》も一緒《いっしょ》になって笑《わら》ったけど、頭《あたま》の中《なか》ではさっきの手紙《てがみ》の内容《ないよう》がぐるぐる回《まわ》っていた。

あれって、ラブレターだよね……？

でも、誰《だれ》に……？

颯太《そうた》が誰《だれ》かにラブレターを渡《わた》すなんて、そんなの、見《み》たくなかったよ。

あの手紙《てがみ》の相手《あいて》が私《わたし》の知《し》らない誰《だれ》かだと思《おも》うと、胸《むね》がズキズキして痛《いた》む。

——あれ。ちょっと待《ま》って。

颯太《そうた》が誰《だれ》かにラブレターを書《か》いてるってわかったからって、私《わたし》、どうしてこんなに胸《むね》が痛《いた》んでるの？

——と、その瞬間《しゅんかん》。

「きゃっ！」

冷《つめ》たいものが私《わたし》の頭《あたま》に当《あ》たった。

驚《おどろ》いて顔《かお》を上《あ》げると、

「ごめんごめん！　コントロールがよすぎた！」

ちっともごめんなんて思《おも》ってなさそうな調子《ちょうし》で、レントがへらへらと笑《わら》っている。

「さすがオレ。オレの火《ひ》の玉《たま》ストレート、バツグンのコントロールだったよな」

レントは野球《やきゅう》チームに入《はい》ってるの。

「ちょっと、それ、あやまる気《き》ないでしょ!?」

「あはは！　バレたか！」

「よし、ちなつちゃん！　私《わたし》たちもレントに火《ひ》の玉《たま》ストレート投《な》げるよ！」

「きゃはは！　ひのたま！　くらえーっ！」

「わふっ、わふっ、わふわふ！」

その日《ひ》、日《ひ》が暮《く》れるまで公園《こうえん》で遊《あそ》んだけど——。

私《わたし》はついぞ、手紙《てがみ》のことが頭《あたま》からはなれなかった。

1 トクベツなバレンタイン

数日後《すうじつご》。

朝起《あさお》きたら、昨日《きのう》の雪《ゆき》は雨《あめ》に変《か》わっていた。

休《やす》み時間《じかん》、私《わたし》はぼんやりと外《そと》をながめていた。

私《わたし》の席《せき》は、窓際《まどぎわ》のいちばんうしろ。

窓《まど》の外《そと》をぼんやりながめるにはうってつけの席《せき》だよ。

「雨《あめ》の日《ひ》って、何《なん》か、空気《くうき》が重《おも》いよね」

ななめ前《まえ》の席《せき》の詩乃《しの》が、くるりとふりむく。

「うん。何《なん》か、ね」

「男子《だんし》、元気《げんき》だねー」

「ね」

いつもは校庭《こうてい》で遊《あそ》び回《まわ》っている男子《だんし》たちが、プリントを丸《まる》めてボールがわりにして、教《きょう》室《しつ》の中《なか》で投《な》げて遊《あそ》んでいる。

「ねえねえ、実咲《みさき》、詩乃《しの》！」

教室《きょうしつ》の廊下側《ろうかがわ》のいちばん前《まえ》の席《せき》から、あかりがパタパタと軽《かろ》やかな足音《あしおと》を鳴《な》らしながらやってきた。

目《め》を大《おお》きくひらいて、頬《ほほ》を上気《じょうき》させてる。

この顔《かお》は、何《なに》かを言《い》いたくてたまらない！　って時《とき》の顔《かお》だ。

「ここにも元気《げんき》な子《こ》、いたわ」

詩乃《しの》がクスクス笑《わら》った。

「知《し》ってる？　今日《きょう》って、2月《がつ》4日《か》だよ！」

あかりが興奮《こうふん》した様子《ようす》で、私《わたし》たちの机《つくえ》の間《あいだ》に立《た》ち止《ど》まった。

「う、うん。知《し》ってるけど……それがどうかしたの？」

詩乃《しの》が不思議《ふしぎ》そうに、あかりを見上《みあ》げた。

2月《がつ》4日《か》って、何《なに》かあったっけ。

私《わたし》も考《かんが》えてみたけど、何《なに》も思《おも》いあたらない。

「節分《せつぶん》の豆《まめ》まきをするのを忘《わす》れてた、とか？」

「実咲《みさき》のとこ、豆《まめ》まきしたの？」

「うん。昨日《きのう》の夜《よる》、したよ」

「いいなぁ。ちなつちゃんがいるから、盛《も》り上《あ》がるよね」

どんどん脱線《だっせん》していく私《わたし》たちの会話《かいわ》に、

「もう、二人《ふたり》ともわかってないなぁ！」

と、あかりは、じれったそうに声《こえ》を張《は》りあげた。

「今日《きょう》はね、2月《がつ》4日《か》。つまり、バレンタインまであと十日《とおか》しかないんだよ！」

バンッ！

あかりが私《わたし》の机《つくえ》にいきおいよく両手《りょうて》をついた。

そして、そっと私《わたし》に顔《かお》を近《ちか》づけて、声《こえ》をひそめた。

「実咲《みさき》。今年《ことし》は颯太《そうた》にもあげるんでしょ？」

「うん、まあ、そりゃ、たぶんあげるけど……」

今年《ことし》はちなつちゃんと一緒《いっしょ》に何《なに》か作《つく》って、颯太《そうた》に渡《わた》そうかなって思《おも》ってる。

ドーナツに一生懸命《いっしょうけんめい》チョコをぬったり、楽《たの》しそうにカラースプレーをふりかけたりしてデコレーションするちなつちゃんの姿《すがた》が、目《め》に浮《う》かぶよね。

「ちなつちゃん、はりきって作《つく》りそうだなぁ」

想像《そうぞう》するだけで可愛《かわい》くて、思《おも》わず声《こえ》に出《だ》してつぶやいたら、

「それもそうなんだけど、そうじゃなくて！」

あかりがしんけんな表情《ひょうじょう》で私《わたし》の顔《かお》をのぞきこんできた。

「今年《ことし》のバレンタイン、実咲《みさき》は、颯太《そうた》にトクベツなチョコをあげるよね、って話《はなし》！」

「えっ、私《わたし》が!?　トクベツなチョコを？　そそそそ、颯太《そうた》に!?」

びっくりして、思《おも》わず声《こえ》がひっくりかえってしまった。

「あはは。まっさかー！　トクベツなチョコを、颯太《そうた》になんて、そんな、バカなこと……」

私《わたし》は笑《わら》ってやりすごそうとしたけど、あかりだけじゃなく、詩乃《しの》までもが、真顔《まがお》で私《わたし》を見《み》ている。

「ぜんぜんバカなことじゃないと思《おも》うけど」

「うん。実咲《みさき》、今年《ことし》は颯太《そうた》にトクベツなチョコをあげるんだと思《おも》ってたよ」

「そ、そんなこと、考《かんが》えてもなかったよ！」

私《わたし》は口《くち》ではあわてて否定《ひてい》したけど、胸《むね》の中《なか》ではドキドキしていた。

小《ちい》さいころからいつも一緒《いっしょ》にいる颯太《そうた》だけど、トクベツなチョコをあげるなんて考《かんが》えたこともなかったのに。

どうしてか今年《ことし》は、今《いま》までとはちがう気持《きも》ちでいることに気《き》づいてしまった。

「でも、そうだよね。私《わたし》、今年《ことし》は颯太《そうた》に、トクベツなチョコ、あげようかな――」

つぶやくと、あかりと詩乃《しの》がそろって身《み》を乗《の》りだした。

「そうだよ！」

「それがいいよ！　そうしなよ！」

「う、うん！　私《わたし》、今年《ことし》は颯太《そうた》にチョコ、作《つく》ってみる！」

そう決《き》めたとたん、にわかに緊張《きんちょう》してきたから不思議《ふしぎ》だ。

颯太《そうた》、何《なん》て言《い》うかな。ちゃんと受《う》けとってくれるのかな。

ドキ、ドキ、ドキ……。

ちなつちゃんと一緒《いっしょ》に作《つく》って渡《わた》そうって考《かんが》えてた時《とき》はなんともなかったのに、トクベツなチョコを渡《わた》そうって決《き》めたとたん、こんなに緊張《きんちょう》するのは、何《なん》でだろう。

「あかりもレントに渡《わた》すんでしょ？　トクベツなチョコ」

詩乃《しの》がほおづえをつき、あかりを見上《みあ》げる。

「べ、別《べつ》に、あげなくてもいいんだけどさ！　あいつ、どうせ、誰《だれ》かれかまわずチョコくれチョコくれってうるさく言《い》うじゃん？　めいわくだし、私《わたし》があげるって決《き》めておいた方《ほう》が静《しず》かになるだろうし！　世《よ》のため人《ひと》のため。ただの人助《ひとだす》けってやつだよ！」

ふふふ。

あかりは照《て》れると早口《はやくち》になるんだよ。

「そういえば、今《いま》、マルツヤでバレンタインフェアやってるよ。手作《てづく》りキットとかもいっぱいあったから、行《い》ってみなよ」

詩乃《しの》が思《おも》い出《だ》したように言《い》う。

マルツヤっていうのは、駅前《えきまえ》にあるショッピングモールのことだよ。

「詩乃《しの》も誰《だれ》かにチョコ、あげるの？」

私《わたし》はびっくりしてたずねた。

「うん。パパにね。ママと一緒《いっしょ》に作《つく》る約束《やくそく》してるんだ」

「「えらいなぁ」」

私《わたし》とあかりは感心《かんしん》した。

「チョコだけじゃなくて、クッキーとかケーキとか、いろんなキットが売《う》られてたし、お菓子《かし》の材料《ざいりょう》が他《ほか》にもいっぱいあったよ」

詩乃《しの》によると、製菓材料専門店《せいかざいりょうせんもんてん》が期間限定《きかんげんてい》で出店《しゅってん》してるみたい。

めずらしいドライフルーツやナッツがあったり、できあがったお菓子《かし》にのせるデコレーションのパーツとか、和菓子《わがし》の材料《ざいりょう》まで、何《なん》でも売《う》ってるんだって！

「へえ、楽《たの》しそうだね！　ちなつちゃんと一緒《いっしょ》に行《い》ってみようかな」

「うん、うん、それがいいよ。ちなつちゃんもきっと喜《よろこ》ぶよ！」

「颯太《そうた》も絶対《ぜったい》に喜《よろこ》ぶよ！」

「うん。実咲《みさき》、がんばれ！」

あかりと詩乃《しの》がぎゅっとにぎりこぶしを作《つく》りながら応援《おうえん》してくれる。

そんなふうに言《い》われたら、バレンタインに手作《てづく》りチョコをあげるっていうのはトクベツなんだっていう気《き》がしてきて、うう、何《なん》だかますます緊張《きんちょう》してきたよ……！

私《わたし》、春沢実咲《はるさわみさき》。

ごくごく普通《ふつう》の小学《しょうがく》6年生《ねんせい》。

……と言《い》いたいところだけど、一《ひと》つだけ、普通《ふつう》じゃないことがある。

それは、ちなつちゃんっていう、とってもトクベツな子《こ》を育《そだ》ててるってこと！

ちなつちゃんは、私《わたし》の本当《ほんとう》の妹《いもうと》じゃないの。

どういうことかというと……。

半年《はんとし》ほど前《まえ》に、千堂《せんどう》さんっていう男《おとこ》の人《ひと》がちなつちゃんをつれてうちに来《き》たの。

それより少《すこ》し前《まえ》、ちなつちゃんの家族《かぞく》は、家族旅行《かぞくりょこう》の帰《かえ》りに交通事故《こうつうじこ》に遭《あ》ってしまったらしくて……。助《たす》かったのは、ちなつちゃんただ一人《ひとり》。

ちなつちゃんにはトクベツな事情《じじょう》があるから、施設《しせつ》に預《あず》けるわけにはいかなかったの。

トクベツな事情《じじょう》って何《なに》か、って？

なんと、ちなつちゃんには、生《う》まれつき特殊《とくしゅ》な能力《のうりょく》があるの！

ごくごくまれに、生《う》まれつき特殊能力《とくしゅのうりょく》を持《も》った子《こ》がいるらしくて、物《もの》を浮《う》かせる能力《のうりょく》や、動物《どうぶつ》の気持《きも》ちがわかる能力《のうりょく》など、その子《こ》たちが持《も》って生《う》まれた能力《のうりょく》はさまざまなの。

ほとんどの場合《ばあい》、成長《せいちょう》するにつれて能力《のうりょく》は自然《しぜん》と消《き》えるみたい。ただ、どうして能力《のうりょく》が消《き》えるのか、なぜこのような子《こ》が生《う》まれるのか、まだ解明《かいめい》されてないことがいっぱいなんだって。

それを調《しら》べているのが、国際秘密情報連盟《こくさいひみつじょうほうれんめい》の特殊能力調査部《とくしゅのうりょくちょうさぶ》。

千堂《せんどう》さんは、そこの人《ひと》なんだよ。

千堂《せんどう》さんが、ちなつちゃんを育《そだ》てられる家族《かぞく》を探《さが》していたところ、家族構成《かぞくこうせい》もよく似《に》ているし、我《わ》が家《や》が条件《じょうけん》にぴったりだったんだって。

ちなつちゃんの持《も》ってる特殊能力《とくしゅのうりょく》っていうのはね、「未来《みらい》を見《み》る」能力《のうりょく》なの。

ちなつちゃんが見《み》る未来《みらい》が、いつの未来《みらい》なのかは誰《だれ》にもわからない。数分後《すうふんご》かもしれないし、数時間後《すうじかんご》かもしれないし、数日後《すうじつご》のことかもしれない。でも、今《いま》のところ、ちなつちゃんが見《み》た未来《みらい》は全部現実《ぜんぶげんじつ》になってるんだよ。

今日《きょう》の朝《あさ》も、ちなつちゃんは未来《みらい》を見《み》たよ。

朝《あさ》ご飯《はん》がわりにドーナツを食《た》べてたら、ちなつちゃんの目《め》がチカッ！　って緑色《みどりいろ》に光《ひか》ったんだ。

能力保有児《のうりょくほゆうじ》が能力《のうりょく》を発動《はつどう》するには、三《みっ》つの条件《じょうけん》がそろわなきゃいけない。

条件《じょうけん》はその子《こ》ごとにそれぞれちがうんだけど、ちなつちゃんの場合《ばあい》、

・光《ひかり》がさしている時《とき》
・ドーナツを食《た》べている時《とき》
・信頼《しんらい》できる人《ひと》（私《わたし》のことだよ。えっへん！）**に触《ふ》れている時《とき》**

なんだよ。

そして、目《め》が緑色《みどりいろ》に光《ひか》るのは、未来《みらい》を見《み》る合図《あいず》。

今朝《けさ》も、ちなつちゃんは、

「そーたくん、おててつないでる！　にこにこだね！」

っていう未来《みらい》を見《み》た。

それを聞《き》いて、私《わたし》、胸《むね》がずきってなっちゃった。

ちなつちゃんが見《み》た未来《みらい》では、颯太《そうた》は、いったい誰《だれ》と手《て》をつないでるんだろう――。


「オーライ、オーライ、オーライ！」

レントが大声《おおごえ》をあげながら、うしろむきにどんどん近《ちか》づいてきた。

「ちょっと、レント、ちゃんと前《まえ》を見《み》……！」

「こら、レント！　あぶな……！」

詩乃《しの》とあかりが声《こえ》をあげるのと、
ガンッ！

レントのおしりが、私《わたし》の机《つくえ》の角《かど》にぶつかるのは、ほぼ同時《どうじ》だった。

「いってー！」

レントがしゃがみこみ、痛《いた》そうにおしりをさすっている。

「大丈夫《だいじょうぶ》!?」

あかりが、おおげさなぐらい心配《しんぱい》そうな声《こえ》をあげながら、私《わたし》の机《つくえ》の角《かど》をさすった。

そんなあかりを、レントがうらみがましい目《め》で見《み》る。

「おい。オレの心配《しんぱい》は!?」

「はいはい。いたいのいたいのとんでけー」

「棒読《ぼうよ》みだな！」

「あはは。またはじまった」

まったく、この二人《ふたり》は、顔《かお》をあわせるとすぐにこうやって憎《にく》まれ口《ぐち》をたたきあうんだから。ほんとは二人《ふたり》とも、おたがいのことが気《き》になってるくせにね！

あかりとレントのおきまりのやりとりに、詩乃《しの》と二人《ふたり》でクスクス笑《わら》っていたら、

「悪《わる》い、悪《わる》い。ちょっと飛《と》ばしすぎた」

ボール（といっても、プリントを丸《まる》めたやつだけど）を飛《と》ばしたらしい颯太《そうた》が、頭《あたま》をかきながらやってきた。

「そうだ。前《まえ》から思《おも》ってたんだけどさ」

詩乃《しの》が、私《わたし》たちをぐるりと見回《みまわ》す。

「あかりもレントも野球《やきゅう》おわったことだし、今度《こんど》の三連休《れんきゅう》、このメンバーでどっか遊《あそ》びに行《い》こうよ」

「「いいね！」」

詩乃《しの》の提案《ていあん》に、私《わたし》もあかりもレントも、即座《そくざ》に賛成《さんせい》した。

あかりとレントは、野球《やきゅう》チームに入《はい》ってたんだけど、この前《まえ》、小学校最後《しょうがっこうさいご》の試合《しあい》があって、卒団《そつだん》したの。それまでは、週末《しゅうまつ》はいつも試合《しあい》か練習《れんしゅう》かで、ずっといそがしかったけど、もうそれもないもんね。

「行《い》く、行《い》く！　どこに行《い》く？　遊園地《ゆうえんち》？」

「またかよ。今度《こんど》はちがうところに行《い》こうぜ」

あかりとレントがはりきってるけど……。

私《わたし》は、颯太《そうた》がだまりこんでいるのが気《き》になった。

「颯太《そうた》ももちろん行《い》くでしょ？」

あかりが、当《あ》たり前《まえ》のように颯太《そうた》をふりかえる。

すると、颯太《そうた》が少《すこ》し困《こま》ったような顔《かお》をして、目《め》をそらしながら答《こた》えた。

「いや、おれ、今度《こんど》の連休《れんきゅう》はちょっと……」

いつもはっきりとした物言《ものい》いをする颯太《そうた》なのに、妙《みょう》に歯切《はぎ》れが悪《わる》い。

「用事《ようじ》があって、さ……」
――それって、ひょっとして……。
前《まえ》に、公園《こうえん》で見《み》てしまった、あの手紙《てがみ》のことが頭《あたま》に浮《う》かんでくる。
颯太《そうた》の字《じ》で書《か》かれた、「思《おも》い出《で》の場所《ばしょ》に一緒《いっしょ》に行《い》こう」という内容《ないよう》の言葉《ことば》。
もしかして、颯太《そうた》の用事《ようじ》って――。
あの手紙《てがみ》の相手《あいて》の人《ひと》と、どこか、思《おも》い出《で》の場所《ばしょ》に行《い》く約束《やくそく》をしているの……？
そこまで考《かんが》えたとたん、
――ずきっ……。
鋭《するど》い痛《いた》みが胸《むね》にさしこむ。
あれ。
私《わたし》、何《なん》でこんなに苦《くる》しいんだろう。
颯太《そうた》が、誰《だれ》かと約束《やくそく》しているかもしれない、ただそれだけのことなのに。
「実咲《みさき》、どうしたの？　具合悪《ぐあいわる》いの？」
急《きゅう》にうつむいてしまった私《わたし》を見《み》て、詩乃《しの》が心配《しんぱい》そうに私《わたし》の顔《かお》をのぞきこんでくれた。

「ううん、何《なん》でもない」

私《わたし》は無理《むり》に笑《え》みを浮《う》かべてみせた。

でも、胸《むね》の奥《おく》がざわざわして、どうにも落《お》ちつかない。

颯太《そうた》の「用事《ようじ》」って、何《なん》なんだろう。

——あの手紙《てがみ》は、誰《だれ》に渡《わた》すの……?

と、その時《とき》、チャイムが鳴《な》った。

「用事《ようじ》があるならしかたないね。また予定《よてい》があう時《とき》に、みんなでどっか行《い》こ!」

あかりは手《て》をひらひらとふりながら、自分《じぶん》の席《せき》へともどっていった。

他《ほか》のみんなも、それぞれの席《せき》にもどると、私《わたし》は一人《ひとり》、窓《まど》ぎわの席《せき》で、ほおづえをついて
小《ちい》さくため息《いき》をついた。

「私《わたし》、どうしちゃったんだろう……」

さっきから、小《ちい》さな棘《とげ》が刺《さ》さった胸《むね》が、ちくちくと痛《いた》む。

颯太《そうた》が誰《だれ》かに手紙《てがみ》を書《か》いていて、その誰《だれ》かと休《やす》みの日《ひ》に会《あ》う約束《やくそく》をしている……。

それだけで、何《なん》でこんなに胸《むね》が痛《いた》むんだろう。

私《わたし》、もしかして……。

とある予感《よかん》が胸《むね》をよぎり、心《こころ》がざわめく。

そんな自分《じぶん》の気持《きも》ちに気《き》づかないふりをしながら、私《わたし》は、窓《まど》の外《そと》を見《み》つめつづけた。

外《そと》はまだしとしとと雨《あめ》がふりつづいていて、雨《あめ》にぬれた校庭《こうてい》の水《みず》たまりに、ぽつぽつと小《ちい》さな波紋《はもん》が広《ひろ》がっていた。

2 かくしごと

2月《がつ》の三連休《れんきゅう》の初日《しょにち》は、朝《あさ》から雲一《くもひと》つない快晴《かいせい》で、空《そら》は青《あお》く澄《す》みわたっていた。

私《わたし》はちなつちゃんと手《て》をつなぎ、近所《きんじょ》の道《みち》をのんびりと歩《ある》いていた。

「おっかいものー、おっかいものー！　ちゃきちゃんと　おかいものー！」

ちなつちゃんがでたらめなふしまわしでごきげんそうに歌《うた》いながら、つないだ手《て》をぶんぶんふっている。

私《わたし》たち、今《いま》から、駅前《えきまえ》のマルツヤに行《い》くところなんだ。

詩乃《しの》が教《おし》えてくれた、期間限定《きかんげんてい》のバレンタインフェアに行《い》くの。

「なっちゃんね、どーなつほしい！　あと、うーちゃんのおようふくでしょ、そえから、そえから……」

「まてまてまて。別《べつ》に、ちなつちゃんの欲《ほ》しいものを買《か》いに行《い》くんじゃないから！」

「えーっ」

ちなつちゃんが、口《くち》をとんがらせる。

「今日《きょう》は、バレンタインに作《つく》るチョコの材料《ざいりょう》を買《か》いに行《い》くんだよ」

「らんらんたうん？　って、なあに？」

あはは！

バレンタインのどこをどう変換《へんかん》すればランランタウンになるんだろ。

ランランタウンって、何《なん》だか楽《たの》しそうなテーマパークみたい！

「バレンタインはね、大好《だいす》きな人《ひと》に『いつもありがとう』っていう気持《きも》ちをこめて、チョコをあげる日《ひ》だよ」

「えーっ。なっちゃん、ちょこよりどーなつがいいな」

「チョコじゃなくても、ドーナツでも何《なん》でもいいんだよ」

「じゃあ、なっちゃん、どーなつにする！」

ちなつちゃんが、ぴょんぴょんはねながら、うれしそうに言《い》う。

「あはは。でも、ちなつちゃんが食《た》べるわけじゃないから。私《わたし》たちが作《つく》って、颯太《そうた》にあげるんだよ」

「そーたくん、何《なに》がいいかなぁ。チョコかなぁ。チョコがいっぱいのドーナツかな」

「それ、ちなつちゃんが好《す》きなやつでしょ！　……でも、颯太《そうた》は何《なに》が好《す》きなんだろうね。チョコ、好《す》きかなぁ」

「どーなつがすきだとおもう！」

「だから、それはちなつちゃんでしょ！」

ちなつちゃんと笑《わら》いながらおしゃべりしていたら、あっというまに駅《えき》が見《み》えてきた。

ショッピングモールは、駅《えき》のむこう側《がわ》にある。

土曜《どよう》の昼《ひる》の駅前《えきまえ》は、出《で》かける家族《かぞく》づれでにぎわっていて、人気店《にんきてん》の前《まえ》には長《なが》い列《れつ》ができていた。

「わー、ちゅっごーい！　ながーいぎょうれつ！」

ちなつちゃんが、長《なが》い列《れつ》を指《ゆび》さした。

「ほんとだ。いっぱいならんでるね」

最近《さいきん》テレビでもよく見《み》る、話題《わだい》のアップルパイ専門店《せんもんてん》だ。

若《わか》い女性《じょせい》を中心《ちゅうしん》に大人気《だいにんき》で、今《いま》、「もらってうれしいランキング」でも「プレゼントしたいものランキング」でも両方《りょうほう》とも堂々《どうどう》の一位《い》です、ってレポーターの人《ひと》が言《い》ってた。

そんなにおいしいのかな、あのアップルパイ。

いいなぁ。

私《わたし》も食《た》べてみたいなぁ……。

なんとなくそっちの方向《ほうこう》をながめていたら――。

ちなつちゃんが、うれしそうな声《こえ》をあげた。

「あ。そーたくんだ」

「あ。ほんとだ。颯太《そうた》だね」

うわさをすればかげ。

ちょうど、颯太《そうた》が店《みせ》から出《で》てくるところだった。

りんごの可愛《かわい》いイラストがかかれている、赤《あか》い小《ちい》さな紙袋《かみぶくろ》をさげている。

「わーい、そーたくん、いっちょにおかいもの……」

ちなつちゃんが大声《おおごえ》で呼《よ》びかけようとするから、私《わたし》はあわてて口《くち》をふさいだ。

「ふがががっ。どうちて？　そーたくん、おかいもの、いっちょしないの？」

「だって、今《いま》から颯太《そうた》にプレゼントするチョコの材料《ざいりょう》を買《か》うんだもん。颯太《そうた》にはないしょにしておきたいでしょ？」

半分本心《はんぶんほんしん》、半分《はんぶん》ウソ。

——颯太《そうた》、一人《ひとり》だった、よね……。

若《わか》い女性《じょせい》に大人気《だいにんき》で、プレゼントに贈《おく》りたいランキング一位《い》のアップルパイを買《か》って、今《いま》からどこに行《い》くの？

そういえば今日《きょう》、みんなでどこかに遊《あそ》びに行《い》こうっていう話《はなし》になった時《とき》、颯太《そうた》は「用事《ようじ》がある」って言《い》ってた。

その用事《ようじ》って、もしかして……今《いま》から、あの手紙《てがみ》の人《ひと》と会《あ》う約束《やくそく》をしているの？

そう思《おも》ったとたん、
ツキン——。

棘《とげ》が刺《さ》さったままだった胸《むね》が、また痛《いた》みはじめた。

「ねえねえ、ちゃきちゃん、どうちたの？」

ちなつちゃんが、不思議《ふしぎ》そうに私《わたし》を見上《みあ》げる。

「う、ううん、何《なん》でもないよ！」

私《わたし》はあわてて笑顔《えがお》を作《つく》り、ちなつちゃんとつないだ手《て》に、きゅっと力《ちから》をこめた。

幸《さいわ》い、颯太《そうた》はまだ私《わたし》たちに気《き》づいてないみたい。

信号《しんごう》が青《あお》にかわった。

私《わたし》たちは、颯太《そうた》に気《き》づかれないよう、足早《あしばや》に横断歩道《おうだんほどう》を渡《わた》った。

渡《わた》りながら、私《わたし》は、胸《むね》がズキズキしていた。

「ねえねえ、ちゃきちゃん。おみせ、どっち？」

横断歩道《おうだんほどう》を渡《わた》りおえたところで、ちなつちゃんがきょろきょろと左右《さゆう》を見《み》た。

「お店《みせ》はあっちだけど……」

さりげなくふりかえってみると、颯太《そうた》は、ショッピングモールとは反対《はんたい》の方向《ほうこう》に歩《ある》いているのが見《み》えた。

颯太《そうた》、どこに行《い》くんだろう。

どうしても気《き》になってしまう。

「ねえ、ちなつちゃん。颯太《そうた》のこと、少《すこ》し追《お》いかけてみようか」

あとをつけるなんて、ダメだってわかってる。

でも……。

私《わたし》は気《き》になって、がまんできなかった。

「おみせは？」

ちなつちゃんが首《くび》をかしげる。

「うん、あとで行《い》くよ。でも、その前《まえ》にちょっとだけ……ね？」

何《なに》が「ね？」なのかわからないけど、私《わたし》はてきとうに言《い》いくるめながら、颯太《そうた》のあとをつけることに決《き》めた。

「気《き》づかれないように、そっとね」

私《わたし》はちなつちゃんに小声《こごえ》でささやく。

「わかった！　そうっと、そうっと！　ぬきあち、さちあち！」

抜《ぬ》き足差《あしさ》し足《あし》って、それ、どろぼうみたいじゃん！

それに、こっそり歩《ある》くのはいいけど、もっと早《はや》く歩《ある》いてくれないと見失《みうしな》っちゃうよ！

――なんてじれったく思《おも》っていたら、
びたんっ！

ちなつちゃんが何《なん》でもないところでつまずいて、盛大《せいだい》にこけた。

「だ、大丈夫《だいじょうぶ》!?」

私《わたし》はあわててかけよった。

あわわわ。

ちなつちゃんのひざが、すりむけ、真《ま》っ赤《か》。血《ち》が出《で》てる。

うわぁ、痛《いた》そう！

ちなつちゃんは、何《なに》がおきたのかわからない様子《ようす》で、きょとんとしている。

――と思《おも》ったのは、ほんの2、3秒《びょう》ほどのこと。

「うわあああああんっ！」

ちなつちゃんは、まわりの空気《くうき》がゆがみそうなほどの大《おお》きな声《こえ》をあげて泣《な》きはじめた。

待《ま》って、待《ま》って、そんなに大《おお》きな声《こえ》で泣《な》いたら、颯太《そうた》に気《き》づかれちゃう！

「あわ、わわわ、ちなつちゃん、しっ！　颯太《そうた》に……」

「――おれがどうかした？」

「うげっ」

颯太《そうた》！　いつのまに!?

「え、えっと……」

私《わたし》は言葉《ことば》につまってしまった。

まさか颯太《そうた》のあとをつけようとしていたなんて、言《い》えるわけないよね。

口《くち》ごもっていると、颯太《そうた》は地面《じめん》にしゃがみ、ちなつちゃんのひざこぞうに顔《かお》を近《ちか》づけた。

「あちゃー。これは痛《いた》そうだな。ちょっと待《ま》ってろ。たった今《いま》、そこでティッシュを配《くば》ってる人《ひと》がいたから、もらってきてやる」

言《い》うが早《はや》いか立《た》ち上《あ》がり、駅《えき》の方《ほう》にむかおうとするから、私《わたし》はあわてて止《と》めた。

「大丈夫《だいじょうぶ》。ティッシュなら持《も》ってる！」

私《わたし》はちなつちゃんを道《みち》のはしっこにつれていき、座《すわ》らせると、バッグからティッシュを取《と》りだした。

ついでに消毒液《しょうどくえき》と絆創膏《ばんそうこう》も。

「すげえな。実咲《みさき》のバッグ、何《なん》でも入《はい》ってる」

颯太《そうた》が感心《かんしん》したように言《い》ってくれてるのがちょっとうれしくて、くすぐったい。

「ちょっとしみるかもしれないけど、がまんしてね」

ちなつちゃんにそう話《はな》しかけてから、私《わたし》は、消毒液《しょうどくえき》のキャップを開《あ》けた。

「今《いま》からどっか出《で》かけるところだったのか？」

少《すこ》しでもちなつちゃんの気《き》をそらそうとしてくれてるのか、颯太《そうた》が、ちなつちゃんに話《はな》しかける。

「うん！　らんらんたうんにいくんだよ」

「……。どこだそれ」

颯太《そうた》が首《くび》をひねる。

「ありがとー！　どうじょ！　ってするんだって。どーなつかうよ、どーなつ！」

「……？」

颯太《そうた》がちなつちゃんの気《き》をそらしてくれている間《あいだ》に、私《わたし》は手早《てばや》く消毒《しょうどく》をすませて、傷口《きずぐち》に絆創膏《ばんそうこう》を貼《は》ることができた。

「ねえねえ、そーたくんは？　どこいくの？」

ちなつちゃんが無邪気《むじゃき》にたずねる。

私《わたし》は心《こころ》の中《なか》で拍手喝采《はくしゅかっさい》。

まさにそれ！　いちばん聞《き》きたかったやつ！

と同時《どうじ》に、知《し》るのがこわくて、聞《き》けなかったやつ！

颯太《そうた》、今《いま》からいったいどこに行《い》くんだろう。

誰《だれ》と会《あ》うんだろう……。

どきどきどき。

知《し》りたい気持《きも》ちと知《し》りたくないような気持《きも》ちが胸《むね》の中《なか》でぐるぐるして、だんだん息《いき》がつまってくる。

私《わたし》はぎゅっと目《め》をつぶり、颯太《そうた》が答《こた》えるのを待《ま》った。

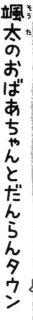

3

颯太《そうた》のおばあちゃんとだんらんタウン

「これからおばあちゃんのところに行《い》くんだ」

「へ？　おばあちゃん？」

颯太《そうた》の答《こた》えが、あまりにも想像《そうぞう》していたものとちがいすぎたものだったから、私《わたし》は拍子《ひょうし》抜《ぬ》けした。

「電車《でんしゃ》で行《い》くの？」

颯太《そうた》のおばあちゃんは、となりの県《けん》に住《す》んでいるの。

颯太《そうた》たちが会《あ》いに行《い》くことの方《ほう》が多《おお》いみたいだけど、おばあちゃんがこっちに来《く》ることもあって、私《わたし》も何度《なんど》か会《あ》ったことがある。

少《すこ》し小柄《こがら》で、いつもニコニコしていて、やさしいおばあちゃんだよ。

「いや、電車《でんしゃ》じゃない。おばあちゃん、今《いま》はこの近《ちか》くに住《す》んでるんだ。『だんらんタウン』っていうところ。知《し》ってる？」

「うーん、知《し》らないなぁ」

だんらんタウンっていうのは、老人用《ろうじんよう》のグループホームなんだって。

颯太《そうた》のおばあちゃんはずっとおじいちゃんと二人《ふたり》で暮《く》らしてたけど、去年《きょねん》、おじいちゃんが亡《な》くなって、少《すこ》し前《まえ》からそこに住《す》んでるらしいの。

そっか、今日《きょう》の用事《ようじ》っていうのは、おばあちゃんに会《あ》いに行《い》くことだったんだ。

なあんだ。

ほっ……。

って、私《わたし》、何《なん》でほっとしてるんだろ。

と、その時《とき》だった。

「颯太《そうた》、お待《ま》たせ。……あら、実咲《みさき》ちゃん。それにちなつちゃんも！」

颯太《そうた》のうしろからひょっこり現《あらわ》れたのは、颯太《そうた》のママだった。

「立《た》ち話《ばなし》、長《なが》すぎ」

颯太《そうた》が呆《あき》れた口調《くちょう》で、ぼそっとつぶやく。

あのアップルパイのお店《みせ》でならんでいる時《とき》に、颯太《そうた》のママは、知《し》り合《あ》いにばったり会《あ》ったんだって。それで立《た》ち話《ばなし》に花《はな》が咲《さ》いて、颯太《そうた》が先《さき》におばあちゃんのところに行《い》くことにしたみたい。

そっか。

そのアップルパイは、颯太《そうた》のおばあちゃんへの手《て》みやげだったんだ！

不安《ふあん》も解消《かいしょう》したことだし、私《わたし》は颯太《そうた》たちに軽《かる》く手《て》をふって、ちなつちゃんと一緒《いっしょ》にマルツヤに行《い》こうと歩《ある》き出《だ》した。

ところが、突然《とつぜん》ちなつちゃんがとんでもないことを言《い》いだしたの！

「ねえねえ、なっちゃんもいきたい」

「え!?　何《なに》言《い》ってんの!?」

私《わたし》は驚《おどろ》いて立《た》ち止《ど》まり、思《おも》わず目《め》を見開《みひら》いてしまった。

「だめに決《き》まってるでしょ。私《わたし》たちが行《い》ったら、颯太《そうた》のおばあちゃん、びっくりしちゃうよ！」

私《わたし》はあわててちなつちゃんをたしなめ、必死《ひっし》にその小《ちい》さな手《て》を引《ひ》きながら、

「じゃあね、颯太《そうた》」

と声《こえ》をかけて、ちなつちゃんをつれてショッピングモールに行《い》こうとしたんだけど……。

「……それもありかもしれないわね」

颯太《そうた》のママが、いい思《おも》いつきが浮《う》かんだかのように、腕《うで》をくんでニコッと笑《わら》った。

「えっ？」

私《わたし》は驚《おどろ》いてふりかえる。

「おばあちゃん、子《こ》どもが大好《だいす》きなのよ。ちなつちゃんも一緒《いっしょ》なら、きっと喜《よろこ》ぶと思《おも》うわ」

颯太《そうた》のママが、そう言《い》いながらやさしくちなつちゃんに目《め》をむけた。

「いきたい！　ねえねえ、ちゃきちゃん、いこ！　いいでしょ？」

ちなつちゃんがうれしそうに私《わたし》の手《て》をひっぱる。

「えっ。でも……」

私《わたし》たちが一緒《いっしょ》でもめいわくじゃないのかな。颯太《そうた》のおばあちゃん、びっくりしないかな。

私《わたし》は心配《しんぱい》して、遠慮《えんりょ》しようと思《おも》ったんだけど、

「それとも今《いま》から予定《よてい》がある？　だったら無理《むり》にとは言《い》わないけど……もし何《なに》も用事《ようじ》がなければ、おばあちゃんに顔《かお》を見《み》せてあげてくれないかな？」

颯太《そうた》のママが、少《すこ》し申《もう》し訳《わけ》なさそうに首《くび》をかしげてたずねる。

そんなふうに言《い》ってもらえて、ことわるのが申《もう》し訳《わけ》なく思《おも》えたのと、

「いきたーい！」

なぜかちなつちゃんが乗《の》り気《き》なこともあって、私《わたし》たちも一緒《いっしょ》におばあちゃんに会《あ》いに行《い》くことになった。

バレンタインのチョコの材料《ざいりょう》を買《か》うつもりでいたけど、別《べつ》に今日《きょう》じゃなくて他《ほか》の日《ひ》でもいいしね。

颯太《そうた》のおばあちゃんに会《あ》うの、ひさしぶりだから、ちょっと楽《たの》しみ。

おとなりに住《す》んでるってだけなのに、私《わたし》のことも「みさきちゃん、みさきちゃん」って呼《よ》んでくれて、いっぱい絵本《えほん》を読《よ》んでくれたの、覚《おぼ》えてる。

「うれちみだね、ちなつちゃん」

「うん！　うれちみー！」

うれちみっていうのは、ちなつちゃん語《ご》だよ。

「うれしい」と「楽《たの》しみ」があわさってできた言葉《ことば》なの。

私《わたし》はちなつちゃんと手《て》をつなぎ、うきうきしながら歩《ある》いていた。

すると、私《わたし》たちの前《まえ》を歩《ある》く、颯太《そうた》と颯太《そうた》のママの会話《かいわ》が風《かぜ》にのって聞《き》こえてきた。

「母《かあ》さん、いいの？　おばあちゃん……大丈夫《だいじょうぶ》かよ」

颯太《そうた》はうつむき、何《なに》やら考《かんが》えこんでいるふうで、ぶつぶつつぶやいている。

その声《こえ》は、どちらかというと、私《わたし》たちが一緒《いっしょ》に来《く》ることを歓迎《かんげい》していない感《かん》じで……。

私《わたし》は何《なん》だか不安《ふあん》になってきた。

「やっぱり私《わたし》たち、めいわくだったら……」

言《い》いかけたところで、颯太《そうた》のママがぶんぶんと手《て》をふった。

「めいわくなんて、とんでもない！　むしろぎゃくよ。むりやりさそっちゃって、実咲《みさき》ちゃんたちこそめいわくだったら、別《べつ》に無理《むり》してつきあってくれなくていいからね。ほんとに、遠慮《えんりょ》なくそう言《い》ってね」

「いえ、別《べつ》に、私《わたし》たちはめいわくとかぜんぜんそんなんじゃないし……。ちなつちゃんも喜《よろこ》んでるし、行《い》ってもいいなら行《い》きたいです、けど……」

「ありがと。来《き》てくれたらおばあちゃんにとってもいい気晴《きば》らしになるし、助《たす》かるわ」

颯太《そうた》のママが、社交辞令《しゃこうじれい》ではなく、本当《ほんとう》にほっとした様子《ようす》でそう言《い》ってくれた。

そのとなりで、颯太《そうた》はやっぱり不安《ふあん》そうな顔《かお》をしていたけど。

＊＊＊

駅前《えきまえ》の大通《おおどお》りから二本《ほん》ほど外《はず》れたところに入《はい》ると、あたりは閑静《かんせい》な住宅街《じゅうたくがい》が広《ひろ》がっていた。

颯太《そうた》のおばあちゃんがいるというグループホーム『だんらんタウン』は、その住宅街《じゅうたくがい》の一角《いっかく》に、ひっそりとたたずんでいる。小《ちい》さな公園《こうえん》のとなりで、まわりは緑《みどり》があふれる、落《お》ちついた雰囲気《ふんいき》の中《なか》にあった。

敷地《しきち》に入《はい》ると、白《しろ》くて清潔感《せいけつかん》のある建物《たてもの》が目《め》に飛《と》び込《こ》んできた。

広々《ひろびろ》とした庭《にわ》には、木陰《こかげ》にベンチがいくつか置《お》かれていて、一休《ひとやす》みするのにちょうどよさそうだ。

「ねえねえ、あれ、なあに？」

かわった形《かたち》の鉄棒《てつぼう》やベンチがあるのを見《み》て、ちなつちゃんが私《わたし》のコートの袖《そで》をひっぱる。

「健康遊具《けんこうゆうぐ》よ。軽《かる》い運動《うんどう》とかストレッチができるように置《お》いてあるの。おばあちゃんたちが運動不足《うんどうぶそく》にならないように工夫《くふう》されてるんだって」

颯太《そうた》のママが説明《せつめい》してくれた。

「へー、何《なん》だかおもしろそう！」

私《わたし》たちは近《ちか》づいてみた。

鉄棒《てつぼう》のようなものに手《て》をかけてぶら下《さ》がってみたり、足《あし》をのせてバランスをとる遊具《ゆうぐ》で遊《あそ》んでみたり。

「ふふふ。楽《たの》しそうね。よかったらもう少《すこ》し遊《あそ》んでいくといいわ。私《わたし》はさきにおばあちゃんのとこに行《い》ってるね」

颯太《そうた》のママは私《わたし》たちに手《て》をふり、先《さき》に中《なか》に入《はい》っていった。

せっかくなので、私《わたし》たちは、もう少《すこ》しここで遊《あそ》んでいくことにした。

「わー、背中《せなか》がのびるー！」

「わーい、わーい！　みてー！　ぐるぐるー！」

「おっとっと。これ、バランスとるの案外《あんがい》むずかしいな」

ひと通《とお》り、庭《にわ》の健康遊具《けんこうゆうぐ》で遊《あそ》んでいたら、じんわりと汗《あせ》ばんで、こんなに寒《さむ》い日《ひ》なのに体《からだ》の中《なか》からぽかぽかしてきた。

「みて！　みて！　これ、おもちろい！」

大《おお》きな木《き》をくりぬいたような、ユニークな形《かたち》のオブジェがあり、ちなつちゃんが物珍《ものめずら》しそうに指《ゆび》をさす。

「それはベンチ。中《なか》に座《すわ》ると、ちょうどいい感《かん》じに日陰《ひかげ》になるらしいよ。夏《なつ》は涼《すず》しいし、冬《ふゆ》はあたたかくて快適《かいてき》なんだって」

颯太《そうた》が教《おし》えてくれた。

「なっちゃん、ちょっと、すわってみる！」

ちなつちゃんはそう言《い》うが早《はや》いか、木《き》をくりぬいたベンチにかけより、ちょこんと座《すわ》った。

「ほんとだ！　あったかーい！」

ちなつちゃんは楽《たの》しそうに足《あし》をばたばたさせている。

「ねえねえ、ここ、なんてかいてあるの？」

「それはね、『だんらんタウン』って彫《ほ》ってあるんだよ。ここの名前《なまえ》」

「へー。これ、らんらんたうんっていうんだね！」

「そろそろおばあちゃんのとこに行《い》こうか」

私《わたし》が声《こえ》をかけると、ちなつちゃんは、ぴょんっと地面《じめん》に飛《と》びおりて、にっこり笑《わら》った。

「うん！　らんらんたうん、たのちかったね！」

こらこら。まだ中《なか》に入《はい》ってもないんだけど。

玄関《げんかん》の扉《とびら》を開《あ》けると、ロビーには穏《おだ》やかな音楽《おんがく》が静《しず》かに流《なが》れていた。

「こんにちは、颯太《そうた》くん」

受付《うけつけ》のデスクにいる女性《じょせい》が、颯太《そうた》を見《み》るなりにっこりとほほえんだ。

「こんにちは。えっと、今日《きょう》は、うちのとなりの家《いえ》の……」

颯太《そうた》が、私《わたし》たちのことを受付《うけつけ》のお姉《ねえ》さんに説明《せつめい》しようとしてくれたんだけど、お姉《ねえ》さんは私《わたし》たちを見《み》ると、

「さきほどお母《かあ》さまからお聞《き》きしました。春沢実咲《はるさわみさき》さんとちなつさんですね」

と、にっこりと笑《わら》った。

「あ、はい。そうです。私《わたし》は、颯太《そうた》のとなりの家《いえ》に住《す》む春沢実咲《はるさわみさき》と言《い》います。颯太《そうた》のおばあちゃんとは、何度《なんど》か会《あ》ったことがあります。そしてこの子《こ》が……」

「こんちくわ！　なっちゃんだよ！　3さい！」

ちなつちゃんが、ほこらしげに胸《むね》を張《は》り、指《ゆび》を三本《ぼん》、ぴんとたてた。

「こんにちは。ちなつちゃんっていうのね。実咲《みさき》ちゃんの妹《いもうと》ちゃんかな？」

受付《うけつけ》の女性《じょせい》は、デスクを回《まわ》って私《わたし》たちの方《ほう》まで来《く》ると、ちなつちゃんの前《まえ》でしゃがんで、

にっこりと笑《わら》った。

やわらかい雰囲気《ふんいき》の、とってもやさしそうな女性《じょせい》だ。

その人《ひと》は、私《わたし》たちをエレベーターホールまで案内《あんない》してくれた。

「ここが、おばあちゃんの部屋《へや》なんだ」

エレベーターで三階《かい》にあがると、颯太《そうた》が、つきあたりの部屋《へや》の前《まえ》で立《た》ち止《ど》まった。

「はいはい、それはさっきも聞《き》いたよ。それで、田中《たなか》さんちのゆうちゃんがとっても歌《うた》が上手《じょうず》で、その歌《うた》を聞《き》いてスタッフさんの百合田《ゆりた》さんが感動《かんどう》して泣《な》いたんでしょ。お母《かあ》さん、その話《はなし》、もう五回《かい》ぐらい聞《き》いたわ」

「そうなの！　田中《たなか》さんの娘《むすめ》さんのゆうちゃんがね、この前《まえ》、めずらしく面会《めんかい》にみえたんだけど、結婚式場《けっこんしきじょう》でゴスペルを歌《うた》ってるらしくてね、ロビーで歌《うた》ってくれたのよ。えっと、なんていう歌《うた》だったかな……」

「だーかーらー、それが、百合田《ゆりた》さんが感動《かんどう》して泣《な》いたっていう、『アメイジング・グレイス』でしょ。さっきも聞《き》いたってば。これで六回目《ろっかいめ》」

部屋《へや》の中《なか》から、颯太《そうた》のママとおばあちゃんの声《こえ》が聞《き》こえてくる。

「そうそう、それ。そんな曲《きょく》だったわ。よく知《し》ってるねえ。それでね、田中《たなか》さんちのゆうちゃんが、その歌《うた》を歌《うた》いだすとね、百合田《ゆりた》さんったら感激《かんげき》して泣《な》いちゃって……」

「はいはい、これで七回目《かいめ》」

コン、コン。

颯太《そうた》がドアをノックすると、中《なか》から聞《き》こえてくる会話《かいわ》がぴたりとやんだ。

「颯太《そうた》です。入《はい》るよ」

颯太《そうた》は一言声《ひとことこえ》をかけて、扉《とびら》を開《あ》けた。

私《わたし》の部屋《へや》と同《おな》じぐらいか、それより少《すこ》しせまいぐらいの、ワンルーム。明《あか》るい日《ひ》が差《さ》しこんでいて、部屋全体《へやぜんたい》が柔《やわ》らかい光《ひかり》に包《つつ》まれている。

かべには大《おお》きなカレンダーがかかっていて、見《み》ると、今日《きょう》の日付《ひづけ》のところに赤《あか》いサインペンで大《おお》きな◎がかかれていた。昨日《きのう》の日付《ひづけ》のところにも、〇って書《か》いてある。

颯太《そうた》のママとおばあちゃんは、ベッドに腰《こし》をかけ、おしゃべりをしながら洗濯物《せんたくもの》をたたんでいた。

颯太《そうた》のママのそばの洗濯物《せんたくもの》はきれいにたたまれているけど、おばあちゃんの手《て》もとには、たたんだのか、これからたたむのかわからない洗濯物《せんたくもの》が積《つ》まれている。

「お母《かあ》さん、颯太《そうた》が来《き》たよ。それにね、今日《きょう》は、実咲《みさき》ちゃんとちなつちゃんも来《き》てくれたのよ。おとなりの実咲《みさき》ちゃん。覚《おぼ》えてる？」

颯太《そうた》のおばあちゃんは、ゆっくりとこっちをふりむいた。

そして、颯太《そうた》を見《み》てにっこり笑《わら》った。

「あら、はじめまして。あなた、どなた？」

……え？

私《わたし》は耳《みみ》を疑《うたが》った。

はじめまして、って、どういうこと……？

でも、颯太《そうた》は動揺《どうよう》したそぶりもなく、当《あ》たり前《まえ》のようにおばあちゃんに近《ちか》づき、ベッドのそばのイスに腰《こし》をかけた。

「おれだよ、おばあちゃん。颯太《そうた》だよ」

ただ、その声《こえ》はかすかにふるえているように聞《き》こえた。

「そう。颯太《そうた》くんっていうのね。よく来《き》てくれたね」

おばあちゃんはまるではじめて出会《であ》った人《ひと》に話《はな》すような口《くち》ぶりで、にこにこと笑《わら》いかける。

私《わたし》は、胸《むね》がざわざわとした。

どういうこと？

まさか、颯太《そうた》のことがわからないの……？

その「まさか」だったみたい。

「また忘《わす》れちゃったのか……。なんでだよ。先週《せんしゅう》は、ちゃんと話《はな》せたのに」

颯太《そうた》がぼそっとつぶやいた。

その声《こえ》には、悲《かな》しみやくやしさ、それに、どうしようもない無力《むりょく》さも混《ま》じっているように感《かん》じられて、私《わたし》は胸《むね》がきゅっと痛《いた》んだ。

そうか……颯太《そうた》は、これがはじめてじゃないんだ……。おばあちゃんにこうして忘《わす》れられてしまったことが、今《いま》までにも何度《なんど》かあったんだ……。

「颯太《そうた》……」

颯太《そうた》のママが、そっと颯太《そうた》の肩《かた》に手《て》を置《お》いた。何《なに》も言《い》わず、ただ、手《て》を置《お》くだけ。でも、その手《て》に、たくさんの思《おも》いがこめられているように見《み》えた。

颯太《そうた》はうつむいたまま、小《ちい》さく肩《かた》をふるわせていた。

「あなたは？　颯太《そうた》くんの、お友《とも》だち？」

おばあちゃんが、今度《こんど》は私《わたし》の方《ほう》をむいた。

「は、はい。春沢実咲《はるさわみさき》です。今年《ことし》のお正月《しょうがつ》……」

今年《ことし》のお正月《しょうがつ》に会《あ》ったこと、覚《おぼ》えてますか。って聞《き》こうとしたけど、やめた。

颯太《そうた》のこともわからないのに、私《わたし》のことなんて覚《おぼ》えてるはずがない。

「じゃなくて、えっと、私《わたし》は、颯太《そうた》のとなりの家《いえ》に住《す》んでて……」

私《わたし》が話《はな》してる途中《とちゅう》で、おばあちゃんは、ちなつちゃんに目《め》をうつし、いとおしそうにほほえんだ。

「まあ、リカコ。ずいぶんバッサリ切《き》ったねえ」

あ……。

リカコって、颯太《そうた》のママの名前《なまえ》だ。

おばあちゃん、ちなつちゃんのこと、颯太《そうた》のママだと思《おも》ってる……？

いつも元気《げんき》なちなつちゃんも、さすがに困惑《こんわく》している。

「なっちゃん、ばっさり、してないよ」

でもおばあちゃんはかまわず、今度《こんど》は颯太《そうた》のママにむきなおって言《い》った。

「横山《よこやま》さん、この子《こ》、うちの娘《むすめ》なんですよ。可愛《かわい》いでしょう？　とってもやさしくてね、こないだ、折《お》り紙《がみ》でジャスミンの花《はな》を折《お》って、私《わたし》にくれたんですよ」

衝撃《しょうげき》がもう一《ひと》つ加《くわ》わった。

おばあちゃんは、颯太《そうた》のママのことも、誰《だれ》なのかわかってないみたい。「横山《よこやま》さん」っていうスタッフの人《ひと》だと思《おも》ってるみたいな口《くち》ぶりだ。

ちなつちゃんは、わけがわからない、といった様子《ようす》で、きょとんとしている。

そりゃそうだよね、颯太《そうた》のおばあちゃんに折《お》り紙《がみ》のプレゼントをあげたりしたこと、ないもんね。それどころか、ちなつちゃんは、ジャスミンっていう花《はな》のことを知《し》らないんじゃないかな。

私《わたし》はたまらなくなって、ちなつちゃんをそっと抱《だ》きしめた。

「そう、ジャスミンの折《お》り紙《がみ》をあげたのを覚《おぼ》えてるのね。そんなに覚《おぼ》えていてくれてたら、あげた方《かた》もうれしいね」

颯太《そうた》のママが、声《こえ》をふるわせて、そっとはなをすすっている。

そっか。

ジャスミンの折《お》り紙《がみ》をおばあちゃんにあげたのは、颯太《そうた》のママなんだね。

「ちょうど今《いま》のちなつちゃんぐらいだったかな。いや、小学校《しょうがっこう》にあがる直前《ちょくぜん》だったから、もう少《すこ》し大《おお》きかったわね。白《しろ》い小《ちい》さな折《お》り紙《がみ》で、花《はな》を折《お》ったの。お母《かあ》さん、ジャスミンの花《はな》が好《す》きだから。……あの時《とき》のこと、まだ覚《おぼ》えてるなんて思《おも》わなかったから、びっくりした」

颯太《そうた》のママが、私《わたし》に説明《せつめい》してくれながら、なつかしそうに目《め》を細《ほそ》めた。

私《わたし》はその話《はなし》を聞《き》いて、なぜだろう、何《なん》だか感動《かんどう》して、わけもなく鼻《はな》の奥《おく》がつーんとしたのだけど……。

「何《なん》だよそれ……」

颯太《そうた》の、うめくような声《こえ》が聞《き》こえたから、私《わたし》は驚《おどろ》いてふりかえった。

すると颯太《そうた》は顔《かお》をゆがめ、くやしそうに口《くち》もとを引《ひ》き結《むす》び、うつむいていた。

「おれのことは覚《おぼ》えてないのに、そんな大《おお》むかしのことは覚《おぼ》えてるって、何《なん》だよそれ……！」

颯太《そうた》の声《こえ》がふるえている。

私《わたし》は驚《おどろ》いて、言葉《ことば》を失《うしな》った。

颯《そう》太《た》の顔《かお》には、怒《いか》りと悲《かな》しみが入《い》り混《ま》じったふくざつな表情《ひょうじょう》が浮《う》かんでいた。

「颯《そう》太《た》……」

颯《そう》太《た》のママが、颯《そう》太《た》の肩《かた》に手《て》を伸《の》ばしたけれど、颯《そう》太《た》はその手《て》を力強《ちからづよ》くふり払《はら》うと、一《いっ》歩《ぽ》うしろに下《さ》がった。

「何《なん》でさ！　おれ、ずっと会《あ》いに来《き》てたじゃん！　今《いま》までもずっと、夏休《なつやす》みも冬休《ふゆやす》みも、いつも会《あ》ってたのに……おれのことは覚《おぼ》えてないくせに、むかしのことは覚《おぼ》えてるなんて……。何《なん》でだよ！　どうしておれだけ忘《わす》れるんだよ……！」

颯《そう》太《た》の声《こえ》はふるえながら、部屋《へや》にひびき渡《わた》った。

「颯《そう》太《た》……おばあちゃんは……」

颯《そう》太《た》のママが何《なに》かを言《い》おうとしたけれど、言葉《ことば》をのみこみ、伸《の》ばした手《て》をひっこめた。

おばあちゃんは、颯《そう》太《た》の言葉《ことば》を聞《き》いているけれど、何《なに》もわかっていないような表情《ひょうじょう》で、遠《とお》くを見《み》る目《め》をしていた。

「颯《そう》太《た》くん、そんなに何度《なんど》も来《き》てくれたんだね。お花《はな》、きれいだったね。折《お》り紙《がみ》で作《つく》ったジャスミンの花《はな》……」

「それはおれじゃない！」

颯《そう》太《た》が、力強《ちからづよ》く叫《さけ》ぶように言《い》った。

「もういい……！」

颯《そう》太《た》は怒《いか》りをこらえるように拳《こぶし》をぎゅっと握《にぎ》りしめると、身《み》をひるがえし、ドアにむかった。

「颯《そう》太《た》、待《ま》って……！」

私《わたし》はあわてて声《こえ》をかけたけれど、颯《そう》太《た》は私《わたし》の言《こと》葉《ば》を無《む》視《し》して、ちなつちゃんをふりかえると、

「ちなのすけ。さっきの庭《にわ》のとこ、行《い》くか？」

とちなつちゃんに手《て》を差《さ》し出《だ》した。

ちなつちゃんはきょとんとしていたけど、すぐにうれしそうに笑《わら》って、颯《そう》太《た》の手《て》をつかんだ。

「らんらんたうんのとこ？　なっちゃん、いくー！」

二人《ふたり》がドアにむかって歩《ある》き出《だ》すのを、私《わたし》はオロオロしながら見《み》ていた。

「でも、颯太《そうた》、おばあちゃんは……」

「もういい。知《し》らない。おばあちゃんもおれのこと、知《し》らないみたいだし。そんなに心配《しんぱい》なら実咲《みさき》がおばあちゃんと一緒《いっしょ》にいてやればいいじゃん」

颯太《そうた》はふりむきもせず、吐《は》き捨《す》てるようにそう言《い》うと、ちなつちゃんと手《て》をつないで出《で》て行《い》ってしまった。

「あ、待《ま》って、颯太《そうた》……」

――パタン。

ドアが閉《し》まった。

どうしよう……。

颯太《そうた》を追《お》いかけるべきかどうか悩《なや》んでいると、

「まったく、困《こま》ったわねえ」

と、颯太《そうた》のママが深《ふか》いため息《いき》をついた。

「颯太《そうた》ったら、おこりんぼなんだから」

颯太《そうた》のママが困《こま》った顔《かお》をしているのを見《み》ると、どうしたらいいのかわからなくて、私《わたし》はその場《ば》に立《た》ちつくした。手持《ても》ちぶさたで落《お》ちつかないので、きょろきょろとあたりを見回《みまわ》してみたら、

「あ……おばあちゃん、寝《ね》ちゃってる」

おばあちゃんは、ベッドに寄《よ》りかかって、いつのまにか眠《ねむ》ってしまっていた。

「ほんとだ。やれやれ。おばあちゃん、寝《ね》ちゃってるわね」

颯太《そうた》のママが、くすくす笑《わら》いながら、そっと布団《ふとん》をかけてあげている。

「自分《じぶん》が原因《げんいん》だってこと、ぜんぜんわかってないんだから。ほんと、颯太《そうた》もおばあちゃんも、困《こま》ったちゃんねえ」

颯太《そうた》のママが、あきれたように笑《わら》ってため息《いき》をついた。

私《わたし》はそれに同意《どうい》してよいものかどうかわからなくて、あいまいに笑《わら》った。

「ごめんなさいね、おばあちゃん、実咲《みさき》ちゃんのことわかってないみたいで……」

「私《わたし》のことは、別《べつ》にいいんですけど……。おばあちゃんは、颯太《そうた》のことも、わかってないんですか」

颯太《そうた》のママは少し間《すこ　ま》を置《お》いてから、静《しず》かに答《こた》えた。

「そうね……最近《さいきん》は、忘《わす》れちゃうことが多《おお》いわね。前《まえ》は覚《おぼ》えてることもあったんだけど、今《いま》ではああやって、ほとんど忘《わす》れてしまってて……でも、完全《かんぜん》に忘《わす》れてるわけじゃないと思《おも》うのよ。さっきのジャスミンの折《お》り紙《がみ》の話《はなし》みたいに、何《なに》かのきっかけでふっと思《おも》い出《だ》すこともあるの」

颯太《そうた》のママは、しんみりした空気《くうき》をかき消《け》すかのように、ぱん！　と手《て》をたたくと、ことさら明《あか》るい声《こえ》で言《い》った。

「ねえねえ、このアップルパイ、私《わたし》たちで食《た》べちゃおっか！」

「いや、でも、それは颯太《そうた》とおばあちゃんが……」

「いいの、いいの、困《こま》ったちゃんたちの分《ぶん》はちゃんととっておくから、いいの。ちょっと待《ま》っててね。今《いま》、お湯《ゆ》をわかすから」

颯太《そうた》のママは、ベッドわきのサイドテーブルにあるポットに水《みず》をいれると、戸《と》だなから紅茶《こうちゃ》のカップを2客取《きゃくと》りだした。

「今日《きょう》、実咲《みさき》ちゃんとちなつちゃんをさそったのも、もしかしたらそれがおばあちゃんにとって良《い》いきっかけになって、何《なに》か思《おも》い出《だ》したりしてくれたらいいなっていう思《おも》いもあったんだけどね。……ダメだったみたい。ごめんね。せっかく来《き》てくれたのに、いやな思《おも》いをさせて」

「いえ、ぜんぜん！　いやな思《おも》いなんて、ぜんぜんしてないです！」

私《わたし》は首《くび》をぶんぶんふりながら、あわてて否定《ひてい》した。

と、その時《とき》――。

コンコン、とドアをノックする音《おと》がひびいた。

「ユキさん、いますか。入《はい》りますよー」

颯太《そうた》のママがドアを開《あ》けると、胸《むな》もとに「だんらんタウン」とロゴマークが刺繍《ししゅう》されているポロシャツを着《き》た男性《だんせい》が、

「ああ、すみません。ご来客中《らいきゃくちゅう》だったのですね。そういえば今日《きょう》はお孫《まご》さんが来《く》るって言《い》ってましたもんね」

と、私《わたし》たちを見《み》て、にこやかに挨拶《あいさつ》をしてくれた。

え……。

お孫《まご》さんが来《く》るって言《い》ってた……？

私《わたし》ははじかれたように顔《かお》をあげ、スタッフのお兄《にい》さんの顔《かお》を見《み》つめた。

「ユキさん、寝《ね》ちゃったんですね」

私《わたし》の視線《しせん》に気《き》づかず、お兄《にい》さんは、おばあちゃんの布団《ふとん》をかけなおしてあげながらほほえんでいる。

ユキさんっていうのは、颯太《そうた》のおばあちゃんのことみたい。

「おばあちゃんは、今日《きょう》、孫《まご》が来《く》るってこと――颯太《そうた》が来《く》るってこと――わかってたんですか？」

私《わたし》は、おそるおそるたずねてみた。

「ええ、とっても楽《たの》しみにしていましたよ。――あれ？　颯太《そうた》くんは？」

お兄《にい》さんは部屋《へや》の中《なか》を見回《みまわ》し、肝心《かんじん》の颯太《そうた》がいないことに気《き》づくと、首《くび》をかしげた。

「今《いま》、庭《にわ》に遊《あそ》びに行《い》ってるんです」

颯太《そうた》のママが答《こた》える。

「ユキさん、颯太《そうた》くんに豆大福《まめだいふく》、忘《わす》れずに渡《わた》してましたか？」

スタッフのお兄《にい》さんに聞《き》かれ、私《わたし》は颯太《そうた》のママと顔《かお》を見合《みあ》わせた。

その様子《ようす》を見《み》て、お兄《にい》さんは、颯太《そうた》が豆大福《まめだいふく》を受《う》け取《と》ってないって悟《さと》ったみたい。

「そっか……。ユキさん、今日《きょう》は調子《ちょうし》のいい日《ひ》じゃないんだな……」

お兄《にい》さんはそう言《い》うと、

「ユキさん。失礼《しつれい》しますよ」

と、寝《ね》ているおばあちゃんにそっと声《こえ》をかけてから、サイドテーブルの引《ひ》き出《だ》しを開《あ》けた。

引《ひ》き出《だ》しの中《なか》はほとんどからっぽで、個包装《こほうそう》されている小《ちい》さな和菓子《わがし》がぽつんとあるだけだった。

透明《とうめい》の袋《ふくろ》の中《なか》には、豆大福《まめだいふく》が一《ひと》つ、入《はい》っている。

真《ま》っ白《しろ》なおもちに、黒《くろ》い豆《まめ》が見《み》えかくれしている、ふくふくとおいしそうな豆大福《まめだいふく》。

「これ。ほんとはユキさん本人《ほんにん》から渡《わた》せたらよかったんでしょうけど……」

お兄《にい》さんは、その袋《ふくろ》を手《て》に取《と》ると、残念《ざんねん》そうにため息《いき》をついた。

「それ、おばあちゃんが、颯太《そうた》のために……？」

颯太《そうた》のママが、ふるえる声《こえ》でたずねる。

「はい。ユキさんはね、これを颯太《そうた》くんのために用意《ようい》していましたよ」

「でも、おばあちゃん、颯太《そうた》のこと誰《だれ》だかわかってなかったのに……」

私《わたし》が思《おも》わず口《くち》にすると、お兄《にい》さんはさびしそうに笑《わら》った。

「少《すこ》し前《まえ》に、ユキさんの調子《ちょうし》の良《い》い日《ひ》がありましてね。もうすぐ孫《まご》が来《く》るんだ、だから豆《まめ》大福《だいふく》を買《か》っておいてやらなくちゃ、颯太《そうた》は小《ちい》さい時《とき》から豆大福《まめだいふく》が大好《だいす》きなんだ、って。それはもう、我々《われわれ》スタッフ全員《ぜんいん》の耳《みみ》にタコができるぐらい、何度《なんど》も何度《なんど》もうれしそうに言《い》ってた日《ひ》があったんですよ」

お兄《にい》さんはそう言《い》いながら、かべにかかっているカレンダーに目《め》をやった。

「今日《きょう》の日付《ひづ》けのところに大《おお》きな二重丸《にじゅうまる》があるでしょう？　あれは、颯太《そうた》くんに会《あ》えるのが楽《たの》しみでつけた印《しるし》ですよ」

颯太《そうた》が来《く》る日《ひ》には大《おお》きな二重丸《にじゅうまる》を、そのために豆大福《まめだいふく》を買《か》う日《ひ》には、丸《まる》を、カレンダーにつけて、毎日《まいにち》何度《なんど》もカレンダーをながめて待《ま》ち遠《どお》しそうにしてたんだって。

「豆大福《まめだいふく》は日持《ひも》ちがしないから、買《か》うのが早《はや》すぎてもいけない。だから前日《ぜんじつ》に買《か》うんだ、って言《い》ってね。昨日《きのう》はちゃんと覚《おぼ》えていて、うきうきしながらそれを買《か》ってましたよ」

「そうだったんだ……。昨日《きのう》なら、颯太《そうた》のこと、ちゃんとわかっていたのかもしれないわね……」

颯太《そうた》のママが悔《くや》しそうに言《い》いながら、カレンダーにかかれた○の印《しるし》をそっと指《ゆび》でなぞった。

「私《わたし》、これ、颯太《そうた》に届《とど》けてきます！」

私《わたし》はいてもたってもいられなくて、豆大福《まめだいふく》をもらうと、部屋《へや》を飛《と》び出《だ》した。

4 遠《とお》い日《ひ》の約束《やくそく》

外《そと》に出《で》ると、空《そら》はもう、夕焼《ゆうや》けに染《そ》まっていた。

ちなつちゃんと颯太《そうた》は、大《おお》きな木《き》をくりぬいたベンチに、ならんで座《すわ》っていた。

「あれれ。ちなつちゃんも、寝《ね》ちゃったの？」

ちなつちゃんが颯太《そうた》によりかかって寝《ね》ている。

「ああ。遊《あそ》びつかれたみたいで、さっき寝《ね》たところ」

颯太《そうた》がちなつちゃんの頭《あたま》をやさしくぽんぽんとなでた。

「おばあちゃんも、寝《ね》ちゃってたよ。私《わたし》たちがついてきたから、つかれちゃったのかな」

暗《あん》に、ついてきてめいわくだったかな、という気持《きも》ちをこめて言《い》ってみたら、颯太《そうた》がやさしく笑《わら》った。

「おばあちゃん、いつもすぐ寝《ね》てるから、気《き》にしなくていいと思《おも》う」

「これ。おばあちゃんが、颯太《そうた》のために用意《ようい》してたんだって」

私《わたし》は豆大福《まめだいふく》を颯太《そうた》に差《さ》し出《だ》した。

「これ、おれに……？」

「颯太《そうた》、豆大福《まめだいふく》が好《す》きなんだね。知《し》らなかった！」

私《わたし》は颯太《そうた》に、スタッフのお兄《にい》さんが言《い》ってたことを話《はな》してきかせた。

「そっか……」

颯太《そうた》は手《て》をあわせて「いただきます」と小声《こごえ》でつぶやくと、袋《ふくろ》の中《なか》から豆大福《まめだいふく》を取《と》りだし、かみしめるように食《た》べた。

「それを買《か》ったの、昨日《きのう》なんだって。昨日《きのう》は、颯太《そうた》のことちゃんと覚《おぼ》えてたってことだよね」

「うん」

豆大福《まめだいふく》をほおばりながら、颯太《そうた》がこくんとうなずく。

「おばあちゃんに会《あ》って、驚《おどろ》いただろ？」

豆大福《まめだいふく》を飲《の》みこむと、颯太《そうた》が少《すこ》しひかえめにたずねてきた。

「う、うん……」

正直《しょうじき》にそう答《こた》えていいものかどうかわからなくて、私《わたし》はうつむいてしまった。

「おばあちゃん、認知症《にんちしょう》が進《すす》んでいるんだ。最近《さいきん》はあまり調子《ちょうし》が良《よ》くないことが多《おお》くてさ……」

颯太《そうた》の声《こえ》が少《すこ》し低《ひく》くなった。

どこか遠《とお》くを見《み》つめながら、切《せつ》なそうに目《め》を細《ほそ》めている。

「おれとか母《かあ》さんのことを、ああやって忘《わす》れてること、最近《さいきん》だんだん多《おお》くなってきた」

「そうなんだ……」

ああ、何《なん》で私《わたし》、こんなしょうもないあいづちしか打《う》てないんだろう。

どうしてもっと気《き》の利《き》いたことが言《い》えないんだろう。

自分《じぶん》で自分《じぶん》がもどかしくてたまらない。

「先々週《せんせんしゅう》だったかな、おばあちゃんがおれのことが誰《だれ》だかわかってなかった日《ひ》、突然《とつぜん》『手《て》紙《がみ》が書《か》きたい』って言《い》いだしてさ」

「手紙《てがみ》？」

「そう。手紙《てがみ》。でもおばあちゃん、もう、字《じ》の書《か》き方《かた》も忘《わす》れちゃったみたいで、うまく書《か》けないって言《い》うから、おれが代《か》わりに書《か》いてあげたんだ」

その時《とき》のことを思《おも》い出《だ》しているのか、颯太《そうた》は、ククッと楽《たの》しそうに、でもそれでいて少《すこ》しさびしそうに笑《わら》った。

「笑《わら》っちゃうんだけどさ、その手紙《てがみ》、おれ宛《あ》てなんだ。おれ、自分宛《じぶんあ》ての手紙《てがみ》を代筆《だいひつ》してた。『大好《だいす》きなあなたに』って書《か》きながら、このあなたっておれのことか、なんて思《おも》ったら笑《わら》えてきたよ。なかなかシュールだろ？」

大好《だいす》きなあなたに。

はっ！

その手紙《てがみ》って、もしかして……！

私《わたし》は、前《まえ》に公園《こうえん》で目《め》にしたラブレターを思《おも》い出《だ》し、思《おも》わず颯太《そうた》の顔《かお》を見上《みあ》げた。

「なんかさ、ホタルがきれいなところがあるんだって。おばあちゃんにとって、思《おも》い出《で》の場所《ばしょ》らしいんだ」

ああ、やっぱり。

間違《まちが》いない。

あの手紙《てがみ》は、颯太《そうた》が誰《だれ》かに渡《わた》すラブレターってわけじゃなかったんだ！

私《わたし》は安心《あんしん》して、顔《かお》がにやけてくるのを必死《ひっし》でおさえた。

「何《なん》ていう絵本《えほん》だったか、思《おも》い出《だ》せないんだけどさ。むかーし、おばあちゃんと絵本《えほん》を読《よ》んでたら、ホタルが出《で》てきたんだ。そのページの絵《え》がすごくきれいで、いいなぁ、本物《ほんもの》のホタルを見《み》たいなぁ、って言《い》ったら、おばあちゃんが、ホタルがきれいなところを知《し》ってるよって言《い》ってさ。その夏《なつ》、家族《かぞく》みんなでそこでキャンプしようってことになったんだ」

山奥《やまおく》にある、川辺《かわべ》のキャンプ場《じょう》で、そこはホタルの名所《めいしょ》として、知《し》る人《ひと》ぞ知《し》る観光《かんこう》スポットだったんだって。

みんなで楽《たの》しみにしてたのに、出発《しゅっぱつ》する日《ひ》の朝《あさ》、颯太《そうた》のママが体調《たいちょう》をくずしたらしいの。

「あの日《ひ》のことはよく覚《おぼ》えてるよ。母《かあ》さんは、熱《ねつ》が出《で》てることを必死《ひっし》で隠《かく》そうとしてて、キャンプに行《い》く気《き》マンマンだったんだ。最初《さいしょ》に母《かあ》さんの体調《たいちょう》が悪《わる》いことに気《き》づいたのがおばあちゃんで、熱《ねつ》があるのにキャンプなんて行《い》ってる場合《ばあい》じゃないだろ、行《い》くのはやめよう、っていいだしてさ」

そりゃそうだよね。熱《ねつ》が出《で》てるのにキャンプなんか行《い》ったら、大変《たいへん》じゃん。

「でも母《かあ》さんは、おれがどんなに楽《たの》しみにしてたか知《し》ってるから、絶対《ぜったい》に行《い》く、こんな微《び》熱《ねつ》、どうってことない、って頑固《がんこ》で、あの日《ひ》、けっこう大変《たいへん》だったんだ」

颯太《そうた》が苦笑《くしょう》した。

あはは。ちょっと想像《そうぞう》できるかも。

颯太《そうた》のママ、言《い》い出《だ》したらきかないからなぁ。

キャンプに行《い》けなくなるかもしれないって知《し》って、颯太《そうた》は大泣《おおな》きしたらしい。その時《とき》の颯太《そうた》は5才《さい》ぐらいだったみたいだし、無理《むり》もないよね。

颯太《そうた》のママはしばらく行《い》くって言《い》い張《は》って譲《ゆず》らなかったらしいけど、最終的《さいしゅうてき》には、

「ホタルはにげないから。来年《らいねん》みんなで行《い》けばいい」

って颯太《そうた》のおばあちゃんが言《い》い切《き》って、キャンプに行《い》くのは中止《ちゅうし》したんだって。

「来年《らいねん》、絶対《ぜったい》に行《い》く？」

幼《おさな》かった颯太《そうた》が、泣《な》くのを必死《ひっし》でこらえてそう言《い》うと、

「うん。絶対《ぜったい》。約束《やくそく》だよ」

って、おばあちゃんは指切《ゆびき》りげんまんをしてくれたらしいの。

「でも……その年《とし》の冬《ふゆ》に、そのキャンプ場《じょう》、なくなったんだ」

颯太《そうた》の声《こえ》が、急《きゅう》に低《ひく》くなった。

「えっ……」

「キャンプ場《じょう》だけじゃない。そのあたり一帯《いったい》が、宅地開発《たくちかいはつ》のために全部《ぜんぶ》なくなった」

それを聞《き》いて、私《わたし》の心《こころ》はぐっと重《おも》くなった。

おばあちゃんとの大切《たいせつ》な約束《やくそく》が、そんな形《かたち》でやぶられてしまったなんて。

そんなの、悲《かな》しすぎるよ……。

信《しん》じられない思《おも》いで口《くち》もとをおさえている私《わたし》を見《み》ながら、颯太《そうた》は静《しず》かに話《はなし》をつづけた。

「おれにホタルを見《み》せる約束《やくそく》を果《は》たせなかったこと、おばあちゃんは今《いま》でも後悔《こうかい》してるんだって。あの時《とき》、リカコはあんなに行《い》こうって言《い》い張《は》ったのに。止《と》めなきゃよかった、って泣《な》きながら言《い》ってた」

私《わたし》は何《なに》も言《い》えなかった。

だって、颯太《そうた》のママは、熱《ねつ》もあったんでしょう？　だったらキャンプなんて行《い》けるわけないし、もし本当《ほんとう》に行《い》ってたら――おばあちゃんが止《と》めてなかったら――キャンプ場《じょう》で寝《ね》こんでたかもしれないじゃん。

「夕暮《ゆうぐ》れ時《どき》に、ホタルの光《ひかり》がぽつ、ぽつってあらわれるんだとさ。淡《あわ》い光《ひかり》がゆらゆらゆれて、とってもきれいなんだよ。おばあちゃんにとって、あそこはおじいちゃんとの思《おも》い出《で》の場所《ばしょ》なんだよ。リカコと颯太《そうた》にも見《み》せてやりたかった。見《み》せてやれなくてごめんよ、って。おばあちゃん、泣《な》きながら言《い》ってた」

私《わたし》が見《み》たあの紙《かみ》は、手紙《てがみ》なんかじゃなくて、おばあちゃんが話《はな》していたことを颯太《そうた》が書《か》き留《と》めただけだったんだ。

そうとも知《し》らずに、私《わたし》ったら一人《ひとり》で勘《かん》ぐって、もやもやして……。自分《じぶん》で自分《じぶん》が恥《は》ずかしくなってきた。

「そっか……そういうことだったんだね」

私《わたし》は、あかね色《いろ》に染《そ》まる夕空《ゆうぞら》を見上《みあ》げながら、誰《だれ》にともなくつぶやいた。

颯太《そうた》も、ポケットに手《て》をつっこみながら、空《そら》を見上《みあ》げている。

「ホタル、見《み》られるといいね。颯太《そうた》もおばあちゃんも、みんな一緒《いっしょ》に」

「ああ。いつか、な」

規則正《きそくただ》しい寝息《ねいき》をたてるちなつちゃんのぬくもりを感《かん》じながら、私《わたし》たちは、のんびりと帰路《きろ》についた。

5 百花《もも か》さんとアップルパイ

家《いえ》に帰《かえ》ると、玄関《げんかん》に、見慣《みな》れないくつがあった。

ピンクベージュのエナメルのハイヒール。ストラップに、小《ちい》さなリボンがついてる。

こんなおしゃれなくつ、私《わたし》のママが買《か》うとは思《おも》えないし……もしかして……。

はやる気持《きも》ちをおさえて、私《わたし》は、抱《だ》っこしていたちなつちゃんをそっとおろした。

「ちなつちゃん。おうち、ついたよ」

ちなつちゃんは、まだ目《め》をとろんとさせている。

大《おお》きなあくびをしながら、目《め》をごしごしこするちなつちゃんのくつを脱《ぬ》がせていたら……。

「実咲《みさき》ちゃん、こんにちは。おじゃましてまーす」

パタパタとワンピースのすそをはためかせて、百花《ももか》さんがリビングから出《で》てきた。

「百花《ももか》さん！　こんにちは！」

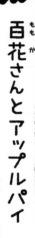

やっぱり！

「こんな可愛《かわい》いくつ、ママなわけがないし、絶対百花《ぜったいももか》さんだと思《おも》ってました！」

百花《ももか》さんは、ちなつちゃんの叔母《おば》さん。ちなつちゃんのママの妹《いもうと》にあたるの。

百花《ももか》さんは、世界的《せかいてき》に有名《ゆうめい》なデザイナーさんなんだよ。

よくこうしてちなつちゃんに会《あ》いに来《く》るの。

「ちなつちゃん。こんにちは」

「ももたんだ！　こんちくわ！」

ちなつちゃんは、百花《ももか》さんを見《み》るなり、すっくと立《た》ちあがると、寝起《ねお》きとは思《おも》えないぐらい、いきおいよく百花《ももか》さんにかけよってだきついた。

「ふふふ。こんちくわ」

「みんな、玄関《げんかん》は寒《さむ》いでしょ。中《なか》に入《はい》っておいで」

ママがドアから顔《かお》を出《だ》して、私《わたし》たちをリビングの中《なか》に招《まね》いた。

リビングに入《はい》ると、ローテーブルの上《うえ》に、可愛《かわい》らしい紙袋《かみぶくろ》が置《お》かれていた。

「あっ！　それって……！」

紙袋《かみぶくろ》にプリントされているりんごのイラストとロゴを見《み》て、私《わたし》は思《おも》わず声《こえ》をあげた。

今日《きょう》、颯太《そうた》たちが買《か》ってた、あの行列《ぎょうれつ》ができるアップルパイ！

結局《けっきょく》私《わたし》は、あのあと颯太《そうた》と別《わか》れて、おばあちゃんの部屋《へや》にはもどらずに帰《かえ》ってきたの。

だから、あのアップルパイを食《た》べそびれちゃったんだ。

「そんな気《き》を遣《つか》わなくていいのに……。百花《ももか》ちゃん、いつも言《い》ってるけど、うちに来《く》る時《とき》は手《て》ぶらでいいのよ」

ママが申《もう》し訳《わけ》なさそうに肩《かた》をすくめる。

「いえいえ、私《わたし》が食《た》べたいだけですから」

「ありがとう。じゃあ、さっそくみんなでいただきましょうか。ちょっと待《ま》っててね、せっかくだから、おいしいお茶《ちゃ》をいれてくるわ」

ママはにっこり笑《わら》うと、パタパタとキッチンに行《い》った。

「ちなつちゃん、アップルパイは食《た》べられる？」

百花《ももか》さんが、ちなつちゃんにたずねる。

「うん！　なっちゃん、ぱい、ぱべる！」

「よかった。もしかしたら、ちなつちゃんはドーナツしかほしくないかな、ってちょっと不安《ふあん》だったの」

百花《ももか》さんが、ほっとしたように言《い》った。

しばらくすると、ママがティーポットとティーカップ、お皿《さら》、それからマグカップをのせたトレイを持《も》って、キッチンからもどってきた。

「お待《ま》たせ、紅茶《こうちゃ》をいれてきたよ。ちなつちゃんには、こっちね」

そう言《い》って、ちなつちゃんの前《まえ》にあたたかいココアが入《はい》ったマグカップを置《お》く。

ちなつちゃんがマグカップにふうふうと息《いき》をふいてさましている間《あいだ》に、私《わたし》はアップルパイをお皿《さら》にとりわけて、みんなに配《くば》った。

「わーい！　おいちそう！」

「あ、待《ま》って。ちなつちゃんのパイ、食《た》べやすいように切《き》ってあげる」

私《わたし》はナイフでちなつちゃんのお皿《さら》のパイを一口《ひとくち》サイズに切《き》り分《わ》けてあげた。

パイ生地《きじ》の表面《ひょうめん》はこんがりと黄金色《こがねいろ》。

ナイフを入《い》れるとサクッと音《おと》を立《た》て、中《なか》からほんのり香《こう》ばしいバターの香《かお》りが広《ひろ》がった。

「はい、お待《ま》たせ。もう食《た》べられるよ」

「ありあとー！　せーの、いっちゃらっきまーす！」

私《わたし》たちはちなつちゃんの合図《あいず》にあわせて手《て》をあわせた。

「ん〜！　おいち〜い!!」

一口《ひとくち》食《た》べるなり、ちなつちゃんはとろけるような笑《え》みを浮《う》かべて、両足《りょうあし》をばたばたさせた。

それを見《み》て、私《わたし》もフォークを口《くち》に運《はこ》ぶ。

「うわっ、ほんとだ！　すっごくおいしい……！」

さっくり香《こう》ばしいパイの中《なか》は、あまく煮《に》つめたりんごがぎっしりつまっていた。

パイ生地《きじ》の中《なか》にはナッツもしきつめられているようで、ざくざくとした歯《は》ごたえ。

「ほんと、これおいしいね。人気《にんき》なのも納得《なっとく》だわ」

ママが紅茶《こうちゃ》を一口《ひとくち》飲《の》みながら、しみじみと言《い》った。

「今日《きょう》も駅前《えきまえ》をとおりがかった時《とき》、すごい行列《ぎょうれつ》ができてたよ。こんなにおいしいなら、あれだけ人気《にんき》なのも納得《なっとく》だね！」

「そんなにならんでたの？　百花《ももか》ちゃん、いそがしいのにありがとね」

「いえ、だから、私《わたし》が行《い》った時《とき》はそこまでならんでなかったから……」

百花《ももか》さんが胸《むね》の前《まえ》でぱたぱたと手《て》をふりながら言《い》うけど、たぶん、ほんとはならんだんだと思《おも》う。

「ありがとう、百花《ももか》ちゃん。とってもおいしいわ」

ママが改《あらた》めて言《い》うと、百花《ももか》さんは照《て》れくさそうにティーカップを手《て》に持《も》ち、口《くち》に運《はこ》んだ。

「それはそうと、実咲《みさき》ちゃん、今日《きょう》は駅《えき》の方《ほう》に行《い》ってたの？」

百花《ももか》さんが話題《わだい》をかえる。

「うん。ちょっと、買《か》い物《もの》に行《い》こうと思《おも》って……」

そういえば、結局《けっきょく》、駅前《えきまえ》のショッピングモールには行《い》かなかったな。

まさか颯太《そうた》に会《あ》うとは思《おも》わなかったから……。

バレンタインのチョコの材料《ざいりょう》、また別《べつ》の日《ひ》に買《か》いに行《い》かなくちゃ。

——なんて考《かんが》えていたら、自然《しぜん》と、颯太《そうた》のおばあちゃんのことも思《おも》い出《だ》しちゃって……。

「このあたりでホタルが見《み》られるところって、ある?」

私《わたし》はふと、たずねてみた。

「どうしたの、急《きゅう》に」

ママがたずねる。

「なんとなく。ちょっと気《き》になって」

「そうねえ、前《まえ》はここから車《くるま》で1、2時間《じかん》ほどのところかな、ホタルが見《み》られるってことで有名《ゆうめい》なところがあったんだけどね。何年《なんねん》か前《まえ》になくなっちゃったのよねえ」

「あ! それって、もしかして、キャンプ場《じょう》もあった?」

「そうそう、たしかキャンプ場《じょう》になってたわ。よく知《し》ってるわね」

じゃあ、そこがきっと、颯太《そうた》のおばあちゃんがつれていこうとしてた場所《ばしょ》にちがいない。

もう少《すこ》しくわしく聞《き》いてみると、そこのキャンプ場《じょう》は5、6年《ねん》ほど前《まえ》に、宅地開発《たくちかいはつ》のために閉鎖《へいさ》されたんだって。じゃあ、颯太《そうた》たちが行《い》こうとしていた場所《ばしょ》って、きっとそこのことだね。

今《いま》はもう、すっかり新興住宅街《しんこうじゅうたくがい》になってて、ホタルなんて見《み》られそうにないんだって。

「ああ、そういえば……」

ふと、百花《もも か》さんが指《ゆび》を軽《かる》くあごにあてて、考《かんが》えこんでいる。

「そことはぜんぜんちがう場所《ば しょ》なんですけど、姉《ねえ》さんたちもホタルを見《み》に行《い》ったこと、ありますよ」

去年《きょねん》、百花《もも か》さんのお姉《ねえ》さんから、「ホタル見《み》に来《き》たよ！」っていうメッセージとともに、写真《しゃしん》がいっぱい送《おく》られてきたんだって。

百花《もも か》さんのお姉《ねえ》さんということは、ちなつちゃんのママだね。

「どこかの神社《じんじゃ》で、ホタルまつりっていうお祭《まつ》りがあったみたいで、家族《か ぞく》みんなで行《い》ったって書《か》いてたわ。よっぽど楽《たの》しかったみたいで、そういえば、姉《ねえ》さん、その日《ひ》の写真《しゃしん》だけをまとめてフォトブックを作《つく》ってたわ。どこかにあるはずだから、帰《かえ》ったら探《さが》してみようっと」

「私《わたし》も見《み》てみたいわ。見《み》つかったら、いつかぜひ見《み》せてね」

「はい！」

ママがたのむと、百花《もも か》さんははりきってうなずいた。

「ご家族《かぞく》で行《い》かれたなら、ちなつちゃんも一緒《いっしょ》だったのね。ちなつちゃん、ホタルを見《み》たことあるのね」

「……ぽたる？　って、なあに？」

パイのくずを口《くち》のまわりにつけて、ちなつちゃんが首《くび》をかしげる。

「ホタルはね、きれいな川《かわ》とか池《いけ》とかの近《ちか》くにいて、ほわん、ほわん、って光《ひか》りながら飛《と》ぶんだって。私《わたし》も見《み》たことないの。ちなつちゃんは見《み》たことあるんだね。いいなぁ！」

「なっちゃん、ぽたる、しらないよ」

「そうだよね、まだ小《ちい》さいもの。覚《おぼ》えてるわけないわね……」

百花《ももか》さんが、寂《さび》しそうに息《いき》をついた。

亡《な》くなったお姉《ねえ》さんの、大切《たいせつ》な思《おも》い出《で》。

一緒《いっしょ》にいたちなつちゃんがそのことを覚《おぼ》えてないのは、寂《さび》しいんだろうなぁ。

百花《ももか》さんの気持《きも》ちがわかる気《き》がして、私《わたし》はしんみりとしてしまった。

と、その時《とき》だった。

「ねえねえ、にこにこ。ぼうし、ぴかぴか?」

ちなつちゃんが、突然《とつぜん》、何《なに》やらなぞめいたことを言《い》った。

えっ。

今《いま》のって、もしかして、未来《みらい》を見《み》たの?

私《わたし》とママと百花《ももか》さんは顔《かお》を見合《みあ》わせた。

ちなつちゃんは、三《みっ》つの条件《じょうけん》がそろうと、未来《みらい》を見《み》ることができるの。

その条件《じょうけん》っていうのは、

・光《ひかり》がさしている時《とき》

・ドーナツを食《た》べている時《とき》

・信頼《しんらい》できる人《ひと》に触《ふ》れている時《とき》

の三《みっ》つ。

今《いま》、このリビングには、光《ひかり》がさしてないから、一《ひと》つめの条件《じょうけん》はそろってない。

あと、二《ふた》つめも、あてはまってない。ちなつちゃんが今食《いまた》べてるのは、ドーナツじゃな

くてアップルパイだもん。

それに、三《みっ》つめも。

ちなつちゃんは今《いま》、誰《だれ》にも触《ふ》れずに一人《ひとり》で座《すわ》っているの。

それに、未来《みらい》を見《み》る時《とき》、ちなつちゃんの目《め》は緑色《みどりいろ》に光《ひか》るの。でも、今《いま》、ちなつちゃんの目《め》の色《いろ》はいつもとかわらない。丸《まる》くて大《おお》きな目《め》は、ぬれた小石《こいし》のように、黒々《くろぐろ》と輝《かがや》いている。

――ってことは、今《いま》ちなつちゃんが言《い》った「ねえねえ、にこにこ。ぼうし、ぴかぴか」というのは、未来《みらい》を見《み》たわけじゃないってことだよね？

だったら、いったいどういうことなんだろう……。

6 ホタルの季節《きせつ》

今年《ことし》は、例年《れいねん》と比《くら》べて寒《さむ》さがきびしくて、雪《ゆき》が多《おお》い。

夕方《ゆうがた》、私《わたし》はだんぼうのきいた自分《じぶん》の部屋《へや》で、ゆっくりと宿題《しゅくだい》をしていた。

すると、
ガラッ！

部屋《へや》の窓《まど》が開《あ》き、冷《つめ》たい風《かぜ》が一気《いっき》にふき込《こ》んできた。

「さむっ！　ちょっと、窓《まど》、早《はや》くしめて！」

ここは、二階《かい》にある私《わたし》の部屋《へや》。

「ああ、この部屋《へや》、あったかいなぁ」

かるがると窓《まど》わくを乗《の》り越《こ》えて、勝手知《かってし》ったる足取《あしど》りで中《なか》に入《はい》ってきて、我《わ》がもの顔《がお》でファンヒーターの前《まえ》に腰《こし》をおろしたのは、颯太《そうた》だ。

となりの家《いえ》に住《す》んでるのをいいことに、颯太《そうた》はいつもこうして屋根《やね》づたいに私《わたし》の部屋《へや》に入《はい》ってくる。

「ちなつは？」

「幼稚園《ようちえん》。今《いま》ママが迎《むか》えに行《い》ってる。もうすぐ帰《かえ》ってくるはずだよ」

「そっか。──なあ。さっき、ちょっと調《しら》べてみたんだけどさ。ホタルが見《み》られる場所《ばしょ》って、案外《あんがい》あちこちにあるんだな」

そう言《い》いながら、颯太《そうた》がスマホの画面《がめん》を見《み》せてきた。

そこには、ホタルが見《み》られるスポットの一覧表《いちらんひょう》が表示《ひょうじ》されていた。

「ほんとだ。意外《いがい》とあるもんなんだね」

「おれさ、考《かんが》えてたんだ。おばあちゃんのホタルのこと」

颯太《そうた》がスマホを操作《そうさ》しながら、ぽつりぽつりと話《はな》し出《だ》す。

「おれとの約束《やくそく》を果《は》たせなかったこと、おばあちゃんがそんなに気《き》にしてるなんて知《し》らなくてさ。そんな約束《やくそく》したことじたい、おばあちゃんに言《い》われるまで忘《わす》れてたぐらいだし。

……でも、おばあちゃんがそんなに心残《こころのこ》りなら、みんなで行《い》ってみたいな、って思《おも》って」

「そっか！　そうじゃん。そうしようよ！」

私《わたし》はノートをぱたんと閉《と》じた。

「そんなかんたんなこと、何《なん》で今《いま》まで思《おも》いつかなかったんだろう。そうじゃん。今《いま》すぐみんなでホタル、見《み》に行《い》けばいいじゃん！　おばあちゃんもきっと喜《よろこ》ぶよ」

「ばーか。そんなかんたんに言《い》うけど、この時季《じき》にホタルが見《み》られるわけないだろ」

「え……」

そ、そうなんだ。

そういうものなの？

首《くび》をかしげている私《わたし》。

「まさか……ホタルが見《み》られるのがどの季節《きせつ》なのか知《し》らない、とか言《い》わないよな？」

「そのまさかだったりして。あはは……」

「あははじゃないし。まったく……」

あきれ顔《がお》でため息《いき》をつきながら、颯太《そうた》は画面《がめん》を操作《そうさ》して、

「ほら」

と、ホタルについてわかりやすく解説《かいせつ》されているサイトを見《み》せてくれた。

へー。

日本《にほん》には約《やく》四十種類《しゅるい》ものホタルがいるんだ。

「約《やく》四十種類《しゅるい》のホタルがいるけど、全部《ぜんぶ》の種類《しゅるい》が光《ひか》るわけじゃないんだね。知《し》らなかった！」

「ああ。ホタルと聞《き》いておれたちがイメージする、あの、おしりがぴかぴかするのは、ゲンジボタル、ヘイケボタル、ヒメボタルが有名《ゆうめい》なんだって」

種類《しゅるい》によって少《すこ》しずつ特徴《とくちょう》はちがうけど、豊《ゆた》かな自然《しぜん》があるきれいな水辺《みずべ》で見《み》られることが多《おお》いらしい。

「実際《じっさい》にホタルが水辺《みずべ》を飛《と》んでいる映像《えいぞう》もあるぞ。見《み》る？」

「見《み》たい。見《み》る！」

映像《えいぞう》のサイトはあらかじめブックマークしてあったみたいで、颯太《そうた》はすぐにその映像《えいぞう》を出《だ》してくれた。

「わあ……きれい……！」

光《ひかり》の尾《お》をひきながら、ゆっくりとあたりを飛《と》びかうホタルの光《ひかり》は、想像《そうぞう》していたよりもずっと幻想的《げんそうてき》だった。

「ああ、これはぜひ、じっさいに見《み》てみたいね……！」

「うん。でも、ほら。今《いま》の時季《じき》はホタルが飛《と》んでない」

私《わたし》は颯太《そうた》が見《み》せてくれる画面《がめん》を操作《そうさ》し、「ホタルが見《み》られる時季《じき》」のページをじっくり読《よ》んだ。

ふむふむ。種類《しゅるい》によってちがうけど、ホタルが見《み》られるのはだいたい5月《がつ》のおわりごろから8月《がつ》ごろまでなんだね。

そっかあ……。

今《いま》は2月《がつ》。

ホタルが見《み》られるの、早《はや》くても3か月先《げっさき》かぁ……。

「だろ？　すぐにでもおばあちゃんにホタルを見《み》せてやりたいけど、今《いま》は無理《むり》なんだよ」

颯太《そうた》が残念《ざんねん》そうに言《い》うと、スマホをポケットにしまい、

ガラッ。

来《き》た時《とき》と同《おな》じように窓《まど》わくをさっそうと乗《の》り越《こ》えると、自分《じぶん》の部屋《へや》にもどっていった。

それとほぼ入《い》れ替《か》わるようにして、ちなつちゃんたちが帰《かえ》ってきた。

「ただいまー！」

「ああ、寒《さむ》い、寒《さむ》い」

玄関《げんかん》から、元気《げんき》な声《こえ》が聞《き》こえてきた。

私《わたし》はファンヒーターを消《け》し、階段《かいだん》を下《お》りた。


「ねえねえ、ちゃきちゃん。きょうね、みんなでね、おっきいゆきだるま、ちゅくったよ！　そえでね、そえでね……」

私《わたし》とちなつちゃんは、リビングのこたつにもぐりこんだ。ちなつちゃんは外《そと》から帰《かえ》ってきたばかりで寒《さむ》いからか、ぴっとりと私《わたし》にくっついて座《すわ》っている。

「今日《きょう》も雪遊《ゆきあそ》びをしてきたんだって。園庭《えんてい》に雪《ゆき》だるまがいっぱいできてたよ」

ママが、ドーナツをのせたお皿《さら》を持《も》ってきてくれた。

「わーい！　どーなつ！　いっちゃらっきまーす！　そえでね、もぐもぐ……さとちくんがね、ゆきだるまにね、ふぁいたーき――――っく！　ってしてね、そえでね、ぴかるくんがね、もぐもぐ、もぐもぐ……」

雪遊《ゆきあそ》びがよっぽど楽《たの》しかったらしく、ちなつちゃんの弾丸《だんがん》トークは止《と》まらない。

「はいはい。いいからドーナツ食《た》べるかしゃべるか、どっちかにしなさい」

私《わたし》がたしなめると、ちなつちゃんは「食《た》べる」より「しゃべる」を選《えら》んだみたい。あわてて口《くち》の中《なか》のドーナツをごくんと飲《の》みこみ、またしゃべりつづけた。

「そえでね、なっちゃんはね、ばけちゅにゆきをぺとぺとってしたんだよ」

「ん？　バケチュ？　バケツのこと？」

「そういってるじゃん！　でね、ばけちゅにゆきをぺとぺとってするでしょ、でね、おみずをぱっぱってしたよ！」

「「ふーん……」」

私《わたし》もママも、ちなつちゃんが何《なに》を言《い》ってるのかさっぱりわからなくて、とまどいながらあいづちをうった。

「そえでね、そー！　ってしてね、ぴかぴかで、きれいなの！」

うーん……。

まとめると、バケツに雪《ゆき》をぺとぺとして、お水《みず》をパッパッてして、それからそーっとして、ぴかぴかきれい……？

まるでわからない。

でも、首《くび》をひねっている私《わたし》をよそに、ちなつちゃんは一人《ひとり》で盛《も》り上《あ》がっている。

「ちゅっごくきれいだったの！　ちゅごいでしょ!!」

私《わたし》のひざの上《うえ》にのっているちなつちゃんは、首《くび》を大《おお》きくひねって、キラキラの目《め》で私《わたし》を見上《みあ》げた。

「そ、そうだね、すごいね……！」

何《なに》がすごいかわからないけど、とりあえず話《はなし》をあわせておく。

そんなその場《ば》しのぎのあいづちでも、ちなつちゃんは満足《まんぞく》したようで、やっとしゃべるのをやめて、ドーナツを食《た》べるのに専念《せんねん》した。

私《わたし》も、今《いま》のうちに食《た》べようっと！

いただきまーす！

「ちゃきちゃん、なっつのどーなつだ！」

「えへへ。いいでしょー」

「なっちゃんのは、いちごだよ！　あーむ。……おいちー！　いっちょにぱべると、おいちいね！」

――ちなつちゃんの場合《ばあい》、一緒《いっしょ》でもそうじゃなくても、いつだっておいしそうに食《た》べてるけどね！

なんて思《おも》っていたら……。


チカッ。


ちなつちゃんの目《め》が緑色《みどりいろ》に光《ひか》った。

あっ。

ちなつちゃんが未来《みらい》を見《み》る合図《あいず》だ！

たしかに、今《いま》のちなつちゃんは、条件《じょうけん》が三《みっ》つともそろってる！

ちなつちゃんは、今《いま》からどんな未来《みらい》を見《み》るんだろう。

私《わたし》は、口《くち》の中《なか》に残《のこ》っていたドーナツをごくりと飲《の》みこみ、ちなつちゃんが何《なに》を言《い》うのかと待《ま》ちかまえた。

「おばあちゃん、らんらんたうんでかくれんぼしてたね」

それだけ言《い》うと、ちなつちゃんは、まるで何《なに》ごともなかったかのように、またもぐもぐとドーナツをほおばった。

かくれんぼ？

うーん、どういうことなんだろう。

でも、今《いま》のところ、ちなつちゃんが見《み》る未来《みらい》は百発百中《ひゃっぱつひゃくちゅう》なの。

だから、今《いま》ちなつちゃんが言《い》ったことは、近《ちか》い未来《みらい》、きっと現実《げんじつ》になる。

それがいつ、どのように現実《げんじつ》になるか、わからないんだけどね。

「ふふふ。颯太《そうた》くんのおばあちゃんとかくれんぼするのかしら？ 楽《たの》しそうでいいわね」

こたつのむかい側《がわ》で、ママがにこにこしている。

そんな楽《たの》しい未来《みらい》があるなら、また颯太《そうた》のおばあちゃんに会《あ》いに行《い》かなくちゃ！

私《わたし》はそう思《おも》いながら、大《おお》きく口《くち》を開《あ》けて、ナッツがたっぷりのドーナツをほおばったのだった。

7 スノーキャンドル

2月《がつ》は日《ひ》が暮《く》れるのが早《はや》い。

夕方《ゆうがた》、私《わたし》はちなつちゃんをむかえに、おひさま幼稚園《ようちえん》にむかった。

歩《ある》いているうちに、あたりはだんだんうすぐらくなってきた。

街路樹《がいろじゅ》の枝《えだ》にうっすらと積《つ》もった雪《ゆき》が、夕日《ゆうひ》を反射《はんしゃ》して金色《きんいろ》に輝《かがや》いている。

園《えん》の門《もん》をくぐると、園庭《えんてい》には、まだ昨日《きのう》の雪《ゆき》がしっかり残《のこ》っていた。

園庭《えんてい》のところどころに、大小《だいしょう》さまざまな雪《ゆき》だるまがぽつぽつとならんでいる。

ふふふ。

昨日《きのう》、ママが言《い》っていた通《とお》りだ。

私《わたし》は、いろんな表情《ひょうじょう》をしている可愛《かわい》い雪《ゆき》だるまたちをながめながら、階段《かいだん》をあがり、ちなつちゃんのいるひよこ組《ぐみ》の教室《きょうしつ》にむかった。

「ちゃきちゃーん！」

教室《きょうしつ》に行《い》くと、ちなつちゃんが元気《げんき》よく飛《と》び出《だ》してきた。

「おかえりなさい、実咲《みさき》ちゃん。ちなつちゃんは今日《きょう》も一日《いちにち》、とっても元気《げんき》でしたよ」

穂積先生《ほづみせんせい》がにこにこしながら出迎《でむか》えてくれる。

「きょうね、なっちゃんね、ゆきだるま、ちゅくったよ！」

「ここに来《く》る時《とき》に、園庭《えんてい》にいっぱい雪《ゆき》だるまがあるの、見《み》たよ。ちなつちゃんが作《つく》ったやつがどれなのか、あとで教《おし》えてね」

「うん！　おちえてあげる！　おめめがいちばんおおきいやつだよ！」

「そう、目《め》を大《おお》きくしたんだね。それは見《み》るのが楽《たの》しみだなあ」

ちなつちゃんと話《はな》しているうちに、私《わたし》はふと、思《おも》いだした。

そういえば昨日《きのう》、ちなつちゃん、何《なに》かを作《つく》ったって言《い》ってたよね。

そのことを一生懸命《いっしょうけんめい》話《はな》してくれたのに、何《なん》のことだかわからなかった。

今先生《いませんせい》に聞《き》けば教《おし》えてくれるかも！

「穂積先生《ほづみせんせい》」

私《わたし》は先生《せんせい》に、昨日《きのう》、ちなつちゃんから聞《き》いた話《はなし》のことをたずねた。

「昨日《きのう》、ちなつちゃんが幼稚園《ようちえん》で何《なに》か作《つく》ったみたいで、家《いえ》で、うれしそうにそのことを話《はな》してくれたんです。たしか、雪《ゆき》をバケツに入《い》れて、何《なに》かしてたって言《い》ってたけど……水《みず》できれいにしたんだっけ？　なんか、そんな感《かん》じのことを言《い》ってたんですが……それが何《なん》のことなのかわかりますか」

話《はな》している途中《とちゅう》から、穂積先生《ほづみせんせい》はすぐに、何《なん》のことかわかってくれたみたい。

「ああ、スノーキャンドルのことだね！　ちょっと待《ま》ってね」

穂積先生《ほづみせんせい》はふりかえると、教室《きょうしつ》の中《なか》にいた久野先生《くのせんせい》に声《こえ》をかけた。

「久野先生《くのせんせい》、ちょっと園庭《えんてい》に行《い》くので、しばらくここをお願《ねが》いできますか」

「ええ、もちろんです」

久野先生《くのせんせい》がうなずくと、穂積先生《ほづみせんせい》は私《わたし》にむきなおって、やさしくほほえんだ。

「おいで、見《み》せてあげる」

先生《せんせい》に促《うなが》され、私《わたし》はちなつちゃんの小《ちい》さな手《て》をにぎりながら、園庭《えんてい》へむかった。

園庭《えんてい》に出《で》ると、夕方《ゆうがた》の冷《つめ》たい空気《くうき》が頬《ほほ》をつんとさす。

先生《せんせい》は園庭《えんてい》を横切《よこぎ》り、奥《おく》の砂場《すなば》にむかった。

足《あし》もとには、まだ雪《ゆき》が残《のこ》っていて、私《わたし》たちが歩《ある》くたびにきゅっ、きゅっ、と心地《ここち》よい音《おと》をたてた。

砂場《すなば》の外側《そとがわ》には、バケツをひっくりかえしたような形《かたち》の雪《ゆき》のかたまりが、いくつもならんでいる。

まるで、大《おお》きなプリンみたい。

「これがスノーキャンドルだよ」

穂積先生《ほづみせんせい》が、プリンのような雪《ゆき》のかたまりを指《さ》して言《い》った。

へー、スノーキャンドルっていうんだ。

スノーは雪《ゆき》で、キャンドルはロウソクっていう意味《いみ》だから……つまり雪《ゆき》のロウソクってことかな？

穂積先生《ほづみせんせい》は、北海道《ほっかいどう》の出身《しゅっしん》なんだって。

先生《せんせい》が住《す》んでいた地域《ちいき》では、冬《ふゆ》になると、よくこうしてスノーキャンドルを作《つく》っていたらしいの。

「先生《せんせい》たちがいないと火《ひ》は使《つか》えないけど、こうしてキャンドルを作《つく》るのは、子《こ》どもたちも楽《たの》しめるかなって思《おも》ってね。昨日《きのう》、みんなで作《つく》ったんですよ。思《おも》いのほか気《き》に入《い》ってもらえたみたいでよかったです」

先生《せんせい》がうれしそうに言《い》って、みんなのスノーキャンドルをぐるりと見回《みまわ》した。

顔《かお》を近《ちか》づけてよく見《み》てみると、雪《ゆき》のかたまりの表面《ひょうめん》はキラキラしていて、中《なか》は空洞《くうどう》になっている。

また、てっぺんの部分《ぶぶん》と横《よこ》の部分《ぶぶん》に穴《あな》があいている。

この穴《あな》、何《なん》のためにあいてるんだろう。

「なっちゃんのはね、こえ！　こえだよ！」

端《はし》から二番目《ばんめ》の雪《ゆき》のかたまりをさして、ちなつちゃんが誇《ほこ》らしげに胸《むね》を張《は》った。

「へえー、これ、ちなつちゃんが作《つく》ったんだね。きらきらだね！」

私《わたし》が言《い》うと、ちなつちゃんは、「えへへ」と照《て》れくさそうに笑《わら》って、足《あし》をもじもじさせた。

「雪《ゆき》をバケツの内側《うちがわ》にはりつけて、少《すこ》し水《みず》をかけながら固《かた》めたんだ。地面《じめん》にひっくりかえす時《とき》は、そっとバケツをはずすのがポイントなんだよ」

穂積先生《ほづみせんせい》が説明《せつめい》をしながら、ちなつちゃんが作《つく》った、端《はし》から二番目《ばんめ》のスノーキャンドルの前《まえ》にしゃがんだ。

「それでね、この中《なか》にキャンドルを入《い》れて……」

と、てっぺんにあいた穴《あな》から、小《ちい》さな固形燃料《こけいねんりょう》を入《い》れて、次《つぎ》に、横《よこ》の空洞《くうどう》から着火剤《ちゃっかざい》をさしこむ。

「そして、火《ひ》をつけると……」


ほわっ。


一瞬《いっしゅん》の静寂《せいじゃく》のあと、ふっ……と小《ちい》さな炎《ほのお》が雪《ゆき》の中《なか》でゆらめいた。

「わあ……っ！」

私《わたし》は思《おも》わず息《いき》をのんだ。

空《そら》が薄紫色《うすむらさきいろ》に染《そ》まりはじめて、手《て》もとがうすぐらくなってきた黄昏時《たそがれどき》。

夕方《ゆうがた》の冷《つめ》たい空気《くうき》に包《つつ》まれた園庭《えんてい》で、スノーキャンドルのあかりがゆっくりとゆれている。

スノーキャンドルの光《ひかり》は、雪《ゆき》の内側《うちがわ》で反射《はんしゃ》して、ほわんほわんとやわらかい。

「きれい……」

「ね？　きれいきれいでしょ？」

「うん。すっごくきれいだね」

ちなつちゃんの目《め》を見《み》てうなずくと、ちなつちゃんは満足《まんぞく》そうにほほえんだ。

これを見《み》れば、昨日《きのう》、ちなつちゃんが言《い》ったことがいかに正確《せいかく》だったかよくわかる。

バケツの内側《うちがわ》に雪《ゆき》をぺとぺとって貼《は》り付《つ》けて、水《みず》をかけながらかためて、地面《じめん》にひっくりかえしたあと、そうっとバケツを外《はず》したんだよね。

たしかに、ばけちゅにゆきをぺとぺとってして、おみずをぱっぱってして、そー！　ってしたら、ぴかぴかで、きれいだ！

ちなつちゃんのスノーキャンドルに見《み》とれていると、先生《せんせい》が、他《ほか》のスノーキャンドルにも火《ひ》をつけてくれた。

「わあ……！」

たくさんならんだスノーキャンドルが、ランダムに淡《あわ》い光《ひかり》をゆらしている。

寒《さむ》い冬《ふゆ》なのに、見《み》ていると、何《なん》だか心《こころ》があたたかくなってくる。

きれいで、可愛《かわい》くて、幻想的《げんそうてき》……。

昨日《きのう》、タブレットで見《み》たホタルの映像《えいぞう》も、こんなふうに幻想的《げんそうてき》だった。

「まるで、ホタルみたい……」

私《わたし》は思《おも》わずつぶやいて――。

「――あ！」

私《わたし》は、すっくと立《た》ちあがった。

そんな私《わたし》を、ちなつちゃんと穂積先生《ほづみせんせい》が不思議《ふしぎ》そうに見上《みあ》げる。

そうだ……！

私《わたし》は、いいことを思《おも》いついた。

8 冬《ふゆ》のキャンプ

そのあと、穂積先生《ほづみせんせい》にお礼《れい》を言《い》うと、私《わたし》はちなつちゃんをつれて幼稚園《ようちえん》をあとにした。

今思《いまおも》いついたことを、早《はや》く颯太《そうた》に伝《つた》えたい！

いてもたってもいられなくなった私《わたし》は、ちなつちゃんを抱《だ》きあげると、小走《こばし》りで帰《かえ》り道《みち》をいそいだ。

「ちゃきちゃん、どーちたの？　何《なん》で、はやいの？」

ちなつちゃんが不思議《ふしぎ》そうに私《わたし》を見上《みあ》げていたけど、私《わたし》は構《かま》わずいそいだ。

やがて颯太《そうた》の家《いえ》が見《み》えてくると、私《わたし》はかけ足《あし》で玄関《げんかん》にむかい、ピンポンピンポンピンポーン！　とインターホンを連打《れんだ》した。

「あー、もう、何《なん》だよ。うるせーな……」

しばらくして、颯太《そうた》がけだるそうにドアを開《あ》けた。

「颯太《そうた》！　いいこと思《おも》いついたの！　ちょっと聞《き》いて！」

「聞《き》いてやるから声《こえ》のボリュームおさえて」

颯太《そうた》が両手《りょうて》をわざとらしく耳《みみ》にあてる。

「スノーキャンドルがね、ホタルみたいなの！　だから、颯太《そうた》のおばあちゃん！　もしかしたら、約束《やくそく》！　果《は》たすお手伝《てつだ》い、できるかも!!」

興奮《こうふん》にまかせてまくしたてる私《わたし》。

「何《なん》だそれ……」

颯太《そうた》はうるさそうに顔《かお》をしかめ、手《て》もとのスマホに目《め》を落《お》とし、いじりはじめた。

でも、私《わたし》は気《き》にせずつづけた。

「ねえ、前《まえ》に、うちの家族《かぞく》と颯太《そうた》の家族《かぞく》で海辺《うみべ》のキャンプに行《い》ったこと、覚《おぼ》えてる？」

「……ああ、流星群《りゅうせいぐん》を見《み》た時《とき》のこと？」

「そう、それ！　またキャンプに行《い》くの、どうかな？」

「いいんじゃない？　うちの親《おや》も、また来年《らいねん》の夏《なつ》みんなで行《い》きたいって言《い》ってたし」

スマホをいじったまま、顔《かお》もあげずに颯太《そうた》はてきとうにあいづちを打《う》つ。

「来年《らいねん》の夏《なつ》じゃなくて、今《いま》すぐ！　今週《こんしゅう》とか！」

私《わたし》が興奮《こうふん》して言《い》うと、颯太《そうた》は一瞬《いっしゅん》きょとんとして、やっとスマホから顔《かお》をあげた。

「は？　今週《こんしゅう》？　……今《いま》、冬《ふゆ》だぞ？　キャンプするには寒《さむ》すぎるだろ」

私《わたし》はかまわずつづける。

「それでね、颯太《そうた》のおばあちゃんも、一緒《いっしょ》に行《い》けたらすてきじゃない!?」

「無理《むり》だろ、そんなの」

小《ちい》さくため息《いき》をついて、颯太《そうた》はまた、スマホをいじる。

「おばあちゃん、外《そと》に出《で》られないの？」

「さあ、知《し》らねぇ。事前《じぜん》に申請《しんせい》とかすれば行《い》けるんじゃね？　よくわかんないけど」

颯太《そうた》は肩《かた》をすくめ、てきとうに答《こた》えると、

「……あ、出《で》てきた。スノーキャンドルって、これか？」

と、スマホの画面《がめん》を私《わたし》に見《み》せてきた。そこには、雪《ゆき》の上《うえ》に灯《とも》されたスノーキャンドルの幻想的《げんそうてき》な光景《こうけい》がうつし出《だ》されていた。

――なんだ。

私《わたし》の話《はなし》を半分《はんぶん》聞《き》き流《なが》してスマホばっかりいじってるのかと思《おも》ったけど。

話《はなし》、ちゃんと聞《き》いてくれてたんだ。それで調《しら》べてくれてたんだ。

まったく、颯太《そうた》ってわかりにくいんだから。

「ちゅのーきゃんどる？　みせて、みせて！」

ちなつちゃんが、颯太《そうた》のセーターのすそをつかんで、せのびした。

「ほい。これ」

颯太《そうた》が身《み》をかがめて、ちなつちゃんにもスマホの画面《がめん》を見《み》せてあげると、

「そう！　こえ！　ちゅのーきゃんどる！」

ちなつちゃんがうれしそうに手《て》をたたいた。

私《わたし》は颯太《そうた》に、ちなつちゃんがそれを幼稚園《ようちえん》で作《つく》ったことを説明《せつめい》し、今日《きょう》、園庭《えんてい》で実物《じつぶつ》を見《み》せてもらったことも話《はな》した。

「穂積先生《ほづみせんせい》がキャンドルに火《ひ》をつけてくれたんだけどね、それが風《かぜ》でゆれて、ほわんと光《ひか》ってて、すっごくきれいだったの！　でね、それがね……」

私《わたし》はそこでいったん言葉《ことば》を区切《くぎ》ると、颯太《そうた》の顔《かお》をじっと見《み》つめ、もったいつけてから言《い》った。

「まるで、ホタルみたいだったの」

すると颯太《そうた》は、

「……あ……！」

と声《こえ》をあげ、スマホにうつったスノーキャンドルの画像《がぞう》を見《み》つめて、しばらく沈黙《ちんもく》した。

「ホタル……そうか、そういうことか……！」

私《わたし》が伝《つた》えたかったこと、やっと、颯太《そうた》はわかってくれたみたい！

＊＊＊

それからは、早《はや》かった。

私《わたし》たちの考《かんが》えをお互《たが》いの親《おや》に話《はな》したら、親《おや》たちはその日《ひ》のうちに相談《そうだん》して、すぐさま旅行《りょこう》の計画《けいかく》を立《た》てて、宿《やど》をとって、颯太《そうた》のおばあちゃんの外泊《がいはく》を申請《しんせい》したの。

そしてその週末《しゅうまつ》の土曜日《どようび》、私《わたし》たちは雪山《ゆきやま》にむけて出発《しゅっぱつ》した。

横山家《よこやまけ》は、颯太《そうた》の他《ほか》に、颯太《そうた》のパパとママとおばあちゃん。

そして我《わ》が春沢家《はるさわけ》は、私《わたし》とちなつちゃんとパパとママ、それから百花《ももか》さんも一緒《いっしょ》に来《く》ることになったんだよ！

百花《ももか》さんをさそった時《とき》、百花《ももか》さんは、はじめ、

「せっかくの家族旅行《かぞくりょこう》なのにおじゃまするのは申《もう》し訳《わけ》ないから……」

って、遠慮《えんりょ》してことわったの。でも、ママが、

「百花《ももか》ちゃんも家族《かぞく》でしょ！」

って言《い》ったら、百花《ももか》さん、一緒《いっしょ》に来《き》てくれることになったんだ。


「おっきい雪《ゆき》だるま、ちゅくるー！」

雪山《ゆきやま》のロッジにつくと、ちなつちゃんがスキーウェアに身《み》をつつみ、雪《ゆき》に足《あし》をとられながらも、大《おお》はしゃぎで雪《ゆき》の中《なか》を走《はし》り回《まわ》った。

雪《ゆき》はちなつちゃんの腰《こし》ぐらいまで積《つ》もっていて、歩《ある》くたびに足《あし》がぼこっ、ぼこっ、とひ

ざまでもぐりこんでしまう。それさえも楽《たの》しいみたいで、うれしそうに声《こえ》をあげて笑《わら》って
いるちなつちゃんを見《み》ていると、私《わたし》もつられて笑顔《えがお》になった。

「よーし、世界一大《せかいいちおお》きい雪《ゆき》だるま、作《つく》るよ！」

「わーい！　せかいいちおっきいゆきだるま！」

私《わたし》は、ちなつちゃんと一緒《いっしょ》に、雪玉《ゆきだま》をごろごろところがした。

どんどんころがしていくうちに、気《き》づけば私《わたし》の腰《こし》ほどの大《おお》きさの雪玉《ゆきだま》が二《ふた》つ、完成《かんせい》した。

「わあー！　おっきいねー！」

「うん！　大《おお》きいね！」

ちなつちゃんは目《め》を輝《かがや》かせて、できあがった雪《ゆき》だるまを見上《みあ》げている。

私《わたし》は、ちょうどいいぐあいの黒《くろ》くて丸《まる》い石《いし》をひろって、それを雪《ゆき》だるまの目《め》にした。

そんな私《わたし》たちのところに、ママがにんじんを一本持《いっぽんも》ってきてくれた。

「これ、使《つか》う？　お鼻《はな》にさしたら、ちょうどいいんじゃない？」

「いいの？　それ、晩《ばん》ごはんに使《つか》うんじゃないの？」

今日《きょう》の夜《よる》は、シチューなの。ここに来《く》る途中《とちゅう》の道《みち》の駅《えき》で、ママたちが材料《ざいりょう》を買《か》いながら

話《はな》してた。

「いっぱいあるから、一本《いっぽん》だけなら大丈夫《だいじょうぶ》」

「ありがとう、ママ」

私《わたし》はそのにんじんを、雪《ゆき》だるまの鼻《はな》にした。

ぴったりとはまって、雪《ゆき》だるまがなんだか一気《いっき》に愛《あい》きょうのある顔《かお》になった。

「わーい！　かわいい！　にんじん、おはな！」

ちなつちゃんが手《て》をたたいて喜《よろこ》んでいる。

「おいおい、ここに来《き》た目的《もくてき》、忘《わす》れてねーか」

ふいに、背後《はいご》から颯太《そうた》の声《こえ》が聞《き》こえてきた。

ふりかえると、颯太《そうた》はからっぽのバケツを三《みっ》つ持《も》って、あきれ顔《がお》で私《わたし》たちを見《み》ている。

「あ、そうだった、そうだった！」

いけない、いけない。雪《ゆき》だるまを作《つく》るのに夢中《むちゅう》で、すっかり忘《わす》れてた。

「『そうだった』じゃねーよ」

颯太《そうた》が悪態《あくたい》をつき、小川《おがわ》にむかって歩《ある》き出《だ》す。

「てへへ、つい……。ごめんね。ちなつちゃん、行《い》こ?」

私《わたし》はちなつちゃんと手《て》をつなぎ、颯太《そうた》のあとをついていった。

「ちょっと川《かわ》の方《ほう》に行《い》ってくるね」

ロッジにいるママたちに声《こえ》をかけると、

「あぶないから子《こ》どもだけで川《かわ》に入《はい》るなよー!」

とパパたちに心配《しんぱい》された。

こんな寒《さむ》い真冬《まふゆ》に川《かわ》に入《はい》ったりなんかしないよ!

「お昼《ひる》ご飯《はん》までにはもどってきてね」

「お昼《ひる》はハンバーガーだよ。ハンバーグ、仕込《しこ》んできたから、みんなで網《あみ》で焼《や》いてパンにはさんで食《た》べよ!」

百花《ももか》さんがウキウキしながら、ハンバーガーにはさむトマトやレタスを得意《とくい》げに見《み》せてくれた。

「わあ! おいしそう!」

「うれちみー!」

「うわっ。まじでめちゃくちゃうまそう。お昼《ひる》までに絶対《ぜったい》にもどります！」

私《わたし》たちはそう約束《やくそく》して、ロッジをあとにした。

「お昼《ひる》まで、1時間《じかん》ぐらいだな。それぐらいあれば、じゅうぶんだろ」

「うん。いっぱい作《つく》ろうね！」

「ああ。そのために来《き》たんだからな」

そう。

今日《きょう》、私《わたし》たちがここに来《き》たのには、目的《もくてき》がある。

とっても大事《だいじ》な目的《もくてき》。

今《いま》から、スノーキャンドルをいっぱい作《つく》らなくっちゃ……！

9 大《おお》きなほら

川辺《かわべ》に行《い》くと、私《わたし》たちはせっせとスノーキャンドルを作《つく》った。

バケツの内側《うちがわ》に、雪《ゆき》をぺとぺとと貼《は》りつけていく。穂積先生《ほづみせんせい》が教《おし》えてくださった通《とお》り、水《みず》をふりかけながら貼《は》りつけると、うまく固《かた》めることができた。

この時《とき》、薄《うす》くした方《ほう》が、完成《かんせい》した時《とき》に中《なか》の炎《ほのお》が外《そと》からよく見《み》えてきれいになるんだって。

でも、薄《うす》くしすぎると、ひっくりかえした時《とき》にこわれちゃう。そこのバランスがむずかしい。

「ゆき、ちゅめたーい！」

「ぺとぺとってできたよ！」

「みて！　みて！　うーちゃんのちゅのーきゃんどる！」

はじめのうちはおしゃべりばかりしていたちなつちゃんも、そのうち、スノーキャンドルづくりに夢中《むちゅう》になっていった。

だんだん言葉数《ことばかず》が少《すく》なくなっていき、いつしか、私《わたし》たちは三人《にん》とも、もくもくとスノーキャンドルづくりに集中《しゅうちゅう》していた。

雪用《ゆきよう》のぶあつい手袋《てぶくろ》をしているけど、それでもだんだん手先《てさき》が冷《つめ》たくなって、感覚《かんかく》がにぶってくる。

でも、どんどん形《かたち》ができあがるのが楽《たの》しくて、私《わたし》たちは夢中《むちゅう》で作《つく》りつづけた。

雪《ゆき》をつかんで、バケツにはりつけて、水《みず》をかけながらかためて。ひっくりかえしたら、そっとバケツを外《はず》して……。

繰《く》りかえしているうちに、いつしか、川辺《かわべ》には数《かぞ》えきれないほどのスノーキャンドルがならんでいた。

三人《にん》とも、使《つか》っているバケツがそれぞれちがう大《おお》きさだからか、できあがったスノーキャンドルもサイズがさまざま。

そろってないのが、かえって、いい。

「ふう……」

私《わたし》は息《いき》をついて立《た》ち上《あ》がり、ぐんと背伸《せの》びをした。

「これだけつくればじゅうぶんだな」

颯太《そうた》も、川辺《かわべ》にならんだスノーキャンドルをみて満足《まんぞく》そうにうなずくと、肩《かた》をぐるぐる回《まわ》した。

「おっ。ちょうどいい時間《じかん》。そろそろロッジにもどろうぜ」

颯太《そうた》が腕時計《うでどけい》を見《み》ながら言《い》う。

「うん。もどろっか」

私《わたし》は手袋《てぶくろ》をはずし、ちなつちゃんと手《て》をつないだ。

「うん！　はやくみんなにみせたいね！」

ちなつちゃんがうれしそうに、私《わたし》とつなぐ手《て》にぎゅっと力《ちから》を入《い》れた。

ロッジにもどろうとして歩《ある》いていると、

「みて！　みて！　かわいいおはな！」

ちなつちゃんが声《こえ》をはずませて、地面《じめん》にしゃがんだ。見《み》ると、足《あし》もとに白《しろ》い小《ちい》さな花《はな》が咲《さ》いている。

「こんな寒《さむ》い時季《じき》なのに、咲《さ》く花《はな》があるんだ。すごいね」

大《おお》きな木《き》の根《ね》もとに咲《さ》く、小《ちい》さな白《しろ》い花《はな》。可愛《かわい》い！

十円玉《じゅうえんだま》ぐらいの大《おお》きさで、白《しろ》い花《はな》びらの真《ま》ん中《なか》はむらさき色《いろ》のめしべ。そのまわりを黄《き》色《いろ》いおしべがちょこちょこっとかこんでいるの。

「かわいいおはなだね、ちゃきちゃん」

「うん。可愛《かわい》いね。それにしても、大《おお》きな木《き》だね」

足《あし》もとの白《しろ》い花《はな》を見《み》たあと、私《わたし》は、目《め》の前《まえ》にそびえ立《た》つ大《おお》きな木《き》を見上《みあ》げた。

「うん。おっきーーーいね！」

何《なん》ていう木《き》だろう、名前《なまえ》は知《し》らないけど、背中《せなか》をのけぞらせてもてっぺんが見《み》えないぐらい大《おお》きい。私《わたし》は両手《りょうて》をめいっぱい広《ひろ》げた。それでも、幹《みき》の横幅《よこはば》の半分《はんぶん》にも満《み》たない。

「いいから、早《はや》く行《い》こうぜ。ハンバーガーが待《ま》ってる」

颯太《そうた》がもっともなことを言《い》う。

「そうだね。ごめん、ごめん」

「ごめんちゃない！」

私《わたし》とちなつちゃんは立《た》ち上《あ》がり、肩《かた》をすくめると、颯太《そうた》のあとにつづいた。


そのあと、私《わたし》たちはしばらく歩《ある》きつづけた。

歩《ある》きつづけるうちに、私《わたし》はなんだか不安《ふあん》になってきた。

おかしいな。

ロッジ、こんなに遠《とお》かったっけ。

来《く》る時《とき》は、こんなに歩《ある》かなかった気《き》がするけど……。

ちらっととなりの颯太《そうた》の様子《ようす》をうかがうと、颯太《そうた》も険《けわ》しい表情《ひょうじょう》をしている。

ただ一人《ひとり》、不安《ふあん》なんて1ミリもなさそうなちなつちゃんが、

「みて！　またおはな！　かわいいおはな！」

たたたっ、と木《き》の根《ね》もとにかけより、白《しろ》い小《ちい》さな花《はな》をうれしそうに指《さ》した。

さっきと同《おな》じ、十円玉《じゅうえんだま》ほどの大《おお》きさの、白《しろ》い花《はな》。花《はな》の中心《ちゅうしん》はむらさき色《いろ》で、そのまわりを黄色《きいろ》いおしべがかこんでいる。

「さっき見《み》た花《はな》と同《おな》じだね」

と言《い》いながら、私《わたし》は両手《りょうて》をめいっぱい広《ひろ》げてみた。

うん。間違《まちが》いない。

この木《き》、さっき見《み》た木《き》と一緒《いっしょ》だ。

「ねえねえ、ちゃきちゃん！　みて！　らんらんたうんみたい！」

ふいに、木《き》のむこう側《がわ》からちなつちゃんの声《こえ》がした。

大《おお》きな木《き》をぐるりと回《まわ》り、反対側《はんたいがわ》に行《い》ってみると、

「わあ、ほんとだね！　だんらんタウンにあった、あのベンチみたいだね！」

さっきは気《き》づかなかったけど大《おお》きな木《き》の根《ね》っこのところが、ほらになっている。

人《ひと》が二人《ふたり》ぐらい入《はい》れそうな大《おお》きさのほら。

「へー、木《き》の中《なか》ってこんな風《ふう》になってるんだ」

私《わたし》たちは身《み》をかがめて、中《なか》に入《はい》ってみた。三人《にん》で入《はい》るとぎゅうぎゅうづめだ。

「見《み》て。川《かわ》が見《み》えるよ」

「ここからだと、おれたちがならべたスノーキャンドルも、いい感《かん》じに見《み》えるな」

「スノーキャンドルを見《み》るのに、ここ、特等席《とくとうせき》だね。雨《あめ》がふってもこの中《なか》にいたらぬれないし」

「雨《あめ》がふったらスノーキャンドルもぬれて解《と》けちゃうだろ」

「あ、そっか」

「あっちが川《かわ》ってことは、ロッジはこっちだな。よし、行《い》くぞ」

颯太《そうた》は道《みち》がわかったみたい。

立《た》ち上《あ》がり、ほらの外《そと》に出《で》て歩《ある》きはじめたので、私《わたし》もちなつちゃんとしっかり手《て》をつなぎ、颯太《そうた》のあとをついていった。

＊＊＊

「ただいまー！」

「わあ、あったかーい」

扉《とびら》を開《あ》けた瞬間《しゅんかん》、ふんわりとしたぬくもりが全身《ぜんしん》を包《つつ》みこみ、寒《さむ》さが一気《いっき》に消《き》えていく。

外《そと》は寒《さむ》くて、歩《ある》いているだけで真《ま》っ白《しろ》な息《いき》が出《で》るぐらいだったけど、ロッジにもどると、中《なか》はまるで別世界《べっせかい》のようにあたたかかった。

「おかえり。外《そと》は寒《さむ》かっただろう。こっちにおいで。暖炉《だんろ》にあたって、あたたまるといいよ」

ゆりイスに座《すわ》って薪《まき》をくべていたパパが、私《わたし》たちのために座《すわ》るスペースをあけてくれた。

ここのロッジには、なんと、暖炉《だんろ》があるんだよ！

暖炉《だんろ》の中《なか》では、赤《あか》みがかったオレンジ色《いろ》の炎《ほのお》が、ゆらゆらとゆれている。

こんなの、絵本《えほん》や映画《えいが》でしか見《み》たことがなかったから、テンションが上《あ》がっちゃう。

「おかえり！　ちょうどお昼《ひる》の準備《じゅんび》もできたところだよ」

私《わたし》たちを見《み》るなり、百花《ももか》さんはそう言《い》ってにっこり笑《わら》うと、

「横山《よこやま》さんたちも呼《よ》んでこなくっちゃ」

と、ママが、スマホで颯太《そうた》のママに電話《でんわ》をかけた。

颯太《そうた》の一家《いっか》は、となりのロッジにいるの。

「だんろ、あったかーい」

ちなつちゃんが、両手《りょうて》を広《ひろ》げて、暖炉《だんろ》にあたった。

暖炉《だんろ》の中《なか》では、薪《まき》がパチパチと心地《ここち》よい音《おと》をたててはぜていた。

「颯太《そうた》くん。薪《まき》をくべるの、やってみるか？」

薪《まき》を一《ひと》つ手《て》にとり、パパが颯太《そうた》をふりむいた。

「あ、やってみたい！」

颯太《そうた》は薪《まき》を受《う》け取《と》り、パパに教《おし》えてもらいながら、おそるおそる暖炉《だんろ》にくべた。

すると、薪《まき》はゆっくりと炎《ほのお》にのまれ、赤《あか》みがかったオレンジ色《いろ》の火《ひ》をゆらめかせた。

「すごい……」

私《わたし》は思《おも》わず声《こえ》をもらした。

「火《ひ》って、近《ちか》くに来《く》るとこんなに温《あたた》かいんだな」

颯太《そうた》がぽつりとつぶやいた。その言葉《ことば》に、私《わたし》もそっとうなずく。

暖炉《だんろ》の火《ひ》にあたっていると、体《からだ》の芯《しん》までじんわりとあたたかさが広《ひろ》がっていく。冷《ひ》えた指先《ゆびさき》が少《すこ》しずつ解《と》けていく感《かん》じがして、私《わたし》はほっと一息《ひといき》ついた。

10 覚《おぼ》えていなくても

お昼《ひる》ご飯《はん》は、みんなでテラスで食《た》べた。

百花《ももか》さんたちが用意《ようい》してくれていたハンバーグを炭火《すみび》で焼《や》いている間《あいだ》に、私《わたし》たちは、軽《かる》く焼《や》き目《め》をつけたバンズに、トマトやレタス、そしてチーズなど、思《おも》い思《おも》いの具材《ぐざい》をはさんだ。

「ハンバーグ、焼《や》けたよ」

「わーい！」

しあげに焼《や》きたてのハンバーグをはさんだら、オリジナルハンバーガーのできあがり！

「いっちゃらっきまーす！」

「うわっ！　おいしい！」

自分《じぶん》で作《つく》るハンバーガーは、今《いま》まで食《た》べたどんなハンバーガーよりもおいしかった。

颯太《そうた》のおばあちゃんも、おいしそうに食《た》べてたよ。

お昼《ひる》ご飯《はん》を食《た》べおわると、私《わたし》たちはロッジの中《なか》にもどり、みんなでカルタをしたりなんかして、まったりとすごしていた。

「何《なん》だかお正月《しょうがつ》みたいだなぁ」

「明《あか》るいうちからビールを飲《の》んで、のんびりすごして、サイコーね！」

親《おや》たちはおつまみを食《た》べながら、テーブルをかこんで楽《たの》しそうにおしゃべりしている。


しばらくそうしてのんびりすごしていると、

「そろそろおやつタイムにしようか」

とママが言《い》いだし、

「じゃーん！　今日《きょう》は、アップルパイじゃなくてドーナツを持《も》ってきましたー！」

百花《ももか》さんが、ローテーブルのど真《ま》ん中《なか》に、どん！　と箱《はこ》を置《お》いた。

「どーなつ!?」

ドーナツという言葉《ことば》に反応《はんのう》して、ちなつちゃんの目《め》がキラーンと光《ひか》る。

「ここのドーナツ、すっごくおしゃれなの」

百花《ももか》さんが声《こえ》をはずませる。

ドーナツがおしゃれって、どういうことだろう。

よくわからないけど、私《わたし》はちなつちゃんと一緒《いっしょ》に、いそいそとテーブルにむかった。

「ドーナツにもファッションショーとかあるのか？」

颯太《そうた》も私《わたし》と同《おな》じことを思《おも》ったみたいで、不思議《ふしぎ》そうに首《くび》をかしげている。

ぱかっ。

箱《はこ》を開《あ》けると、丸《まる》いドーナツが平《たい》らに敷《し》き詰《つ》められている。

クリームやチョコレートでデコレーションされたドーナツは、カラフルで、たしかにすっごくおしゃれ！

「わあ！　うーちゃんだ！」

ピンクのアイシングでうさぎの絵《え》がかかれたドーナツを見《み》て、ちなつちゃんはその場《ば》でぴょんぴょん飛《と》びはねた。

「なっちゃん、うーちゃんのどーなつにする！」

「ちなつちゃん、見《み》て。お皿《さら》、いろんな色《いろ》があるよ。ちなつちゃんは何色《なにいろ》がいい？」

颯太《そうた》のママが、紙皿《かみざら》をならべながらたずねた。

十枚《じゅうまい》セットの紙皿《かみざら》なんだけど、なんと、中《なか》の紙皿《かみざら》は全部《ぜんぶ》色《いろ》がちがうの。

「えっとねぇ、えっとねぇ、どれにちようかな……ぴんく！」

ちなつちゃんがピンクの紙皿《かみざら》の前《まえ》にちょこんと座《すわ》った。

すると、颯太《そうた》のおばあちゃんが、ちなつちゃんをじっと見《み》つめて、やさしい声《こえ》で言《い》った。

「まぁ、リカコ。ピンクでいいの？　いつも黄色《きいろ》が好《す》きなのに」

あっ。

颯太《そうた》のおばあちゃんは、ちなつちゃんを颯太《そうた》のママだと思《おも》いこんでる……！

ど、どうしよう。

ちなつちゃん、何《なん》て答《こた》えるんだろう。

みんな、それまでドーナツを選《えら》ぶのに夢中《むちゅう》だったけど、動《うご》きを止《と》めて、お互《たが》いに顔《かお》を見《み》合《あ》わせた。

張《は》りつめた空気《くうき》の中《なか》、みんな、かたずをのんでちなつちゃんを見《み》つめた。

ところが、そんな緊張感《きんちょうかん》などなんのその、ちなつちゃんは、

「だって、うーちゃんもぴんくだもん。ほら！」

ちなつちゃんは、ピンクのうーちゃんをおばあちゃんにも見《み》えるよう、高《たか》くかかげた。

「そう、その子《こ》はうーちゃんっていうの。可愛《かわい》いねえ」

おばあちゃんは、にこにこしながらうなずいている。

「そえでね、うーちゃんはね、きいろがしゅきだよ。だって、うーちゃん、ひまわりがしゅきだもん。ほら！」

ちなつちゃんは、うーちゃんの耳《みみ》に結《むす》びつけているひまわりの髪《かみ》かざりを見《み》せた。

……うーちゃんが黄色《きいろ》が好《す》き、っていう設定《せってい》、絶対今考《ぜったいいまかんが》えついたばっかりでしょ。

「あいつ、ほんと調子《ちょうし》いいよな」

颯太《そうた》も同《おな》じことを思《おも》ったのか、苦笑《にがわら》いしている。

「うさぎはひまわりの種《たね》が好《す》きだもんねえ」

「お母《かあ》さん、それを言《い》うならうさぎじゃなくてハムスターだから」

「なっちゃん、はむちゅたーも、しゅき！　だって、もぐもぐのもりのはむたん、だいしゅきだもん！」

なんだかんだでおばあちゃんは楽《たの》しそうにちなつちゃんと颯太《そうた》のママとおしゃべりをしている。三人《にん》の会話《かいわ》、ぜんぜんかみあってないけどね！

ちなみに、ちなつちゃんが話《はな》してるハムたんっていうのは、ちなつちゃんが大好《だいす》きな『もぐもぐの森《もり》』という絵本《えほん》に出《で》てくる主人公《しゅじんこう》のハムスターの名前《なまえ》だよ。

「もぐもぐ……それでね、はむちゅたーのはむたんはね、くいちんぼうでね……」

私《わたし》のひざの上《うえ》で、ドーナツをほおばりながら、楽《たの》しそうにおばあちゃんとおしゃべりをつづけるちなつちゃん。

すると、
キラッ。

ちなつちゃんの目《め》が、緑色《みどりいろ》に光《ひか》った。

「しゅきときらいは、うらおもて！」

突然《とつぜん》そんなことを言《い》うから、おばあちゃんはもちろんのこと、おとなたちは全員《ぜんいん》きょとんとしている。

「えっとね、仮面《かめん》ファイターフリップっていうのがいてね、正義《せいぎ》の味方《みかた》なんだけど、『善《ぜん》と悪《あく》はうらおもて！』っていうのが決《き》めゼリフなの。きっと、そのマネっていうか、パロディだね。すきときらいは、うらおもて！」

仮面《かめん》ファイターフリップの決《き》めポーズをしながら、あわてて補足説明《ほそくせつめい》をする私《わたし》。

いつのまにか、緑色《みどりいろ》に光《ひか》っていた目《め》がもとの色《いろ》にもどっていたちなつちゃんは、目《め》をぱちくりさせて、私《わたし》を見上《みあ》げた。

「ちゃきちゃん、てがぎゃくだよ。ふりっぷは、こうだよ。こう！」

どうやら私《わたし》のフリップの決《き》めポーズ、左右《さゆう》が反対《はんたい》だったみたい。

ちなつちゃんは立《た》ち上《あ》がり、思《おも》いっきり足《あし》をひらいて、カッコよくお手本《てほん》を見《み》せてくれた。

「そうかい、うらおもてかい。リカコは楽《たの》しそうで、いいねえ」

話《はなし》があっちこっちに飛《と》ぶちなつちゃんを、おばあちゃんはにこにこしながらうなずいて見《み》ている。

……やっぱり、おばあちゃんは、ちなつちゃんのこと、颯太《そうた》のママだと思《おも》ってるんだ。

私《わたし》はそっと、となりに座《すわ》る颯太《そうた》の様子《ようす》を横目《よこめ》でうかがった。

目《め》に飛《と》びこんできた颯太《そうた》の横顔《よこがお》が、とっても寂《さび》しそうで。

——ちくん。

私《わたし》は、突《つ》き刺《さ》すような痛《いた》みを胸《むね》に感《かん》じた。

＊＊＊

ドーナツを食《た》べおわってしばらくすると、

「いいもの持《も》ってきたよ。みんなで見《み》よう！」

百花《ももか》さんがバッグからA《エー》4ぐらいの大《おお》きさのノートのようなものを取《と》りだした。

「これ、私《わたし》の姉《あね》が、家族《かぞく》でホタルまつりに行《い》った時《とき》の写真《しゃしん》をフォトブックにしたものなんです」

アルバムは、写真《しゃしん》を貼《は》って本《ほん》みたいなものにしたものだけど、フォトブックは、本《ほん》に直接《ちょくせつ》、写真《しゃしん》がきれいに印刷《いんさつ》してあるの。

「この前《まえ》、話《はな》してくれたやつね。見《み》たいわ！」

ママがフォトブックを受《う》け取《と》ると、テーブルの上《うえ》に置《お》き、颯太《そうた》のおばあちゃんにもよく見《み》えるようにむきをかえて、ゆっくりとページをひらいた。

私《わたし》たちはみんな、身《み》を乗《の》り出《だ》したり、ママのうしろに移動《いどう》したりして、見《み》やすい場所《ばしょ》に移動《いどう》した。

「じゃじゃーん」

ママがもったいつけて、効果音《こうかおん》を口《くち》にしながらページをめくる。

「わあ、可愛《かわい》い！」

これは、どこかの神社《じんじゃ》かな。写真《しゃしん》の中《なか》では、あかね色《いろ》に染《そ》まった空《そら》を背《せ》に、石段《いしだん》の上《うえ》に立《た》つ女《おんな》の子《こ》が二人《ふたり》、笑顔《えがお》でこちらを見《み》つめている。

一人《ひとり》は、髪《かみ》が肩《かた》より少《すこ》し長《なが》い、小学生《しょうがくせい》の女《おんな》の子《こ》。そしてもう一人《ひとり》は、おかっぱ頭《あたま》の2才《さい》ぐらいの女《おんな》の子《こ》――この子《こ》、ちなつちゃんだ！　ということは、この小学生《しょうがくせい》の女《おんな》の子《こ》は、ちなつちゃんのお姉《ねえ》ちゃんの千秋《ちあき》ちゃんだね。つばの広《ひろ》い、白《しろ》い帽子《ぼうし》をかぶっている。

「ねーね！」

ちなつちゃんは、白《しろ》い帽子《ぼうし》をかぶった千秋《ちあき》ちゃんを指《ゆび》でさし、うれしそうな声《こえ》をあげた。

ちなつちゃんは、千秋《ちあき》ちゃんのことを「ねーね」って呼《よ》ぶんだよ。

ページをめくっていくと、やがて日《ひ》が暮《く》れて、川辺《かわべ》にぽつぽつと黄色《きいろ》い光《ひかり》が浮《う》かぶ写真《しゃしん》が現《あらわ》れた。

「もしかして……これがホタルなの？」

何《なん》て幻想的《げんそうてき》なんだろう。

前《まえ》にインターネットでホタルの写真《しゃしん》を見《み》た時《とき》もきれいだと思《おも》ったけれど、その時《とき》はどこか作《つく》り物《もの》っぽくて、別《べつ》の世界《せかい》ので き事《ごと》のように感《かん》じていた。

でも、こうしてちなつちゃんも一緒《いっしょ》にうつっているのを見《み》ると、ああ、こういう景色《けしき》が本当《ほんとう》にあるんだ……って、心《こころ》から実感《じっかん》できる。

写真《しゃしん》にうつるどのちなつちゃんも、とても楽《たの》しそうで。家族《かぞく》みんな、誰《だれ》もが幸《しあわ》せそうで。

この幸《しあわ》せが永遠《えいえん》につづくと信《しん》じてたにちがいないよね……と思《おも》うと、胸《むね》がぎゅっと苦《くる》しくなる。

さらにページをめくると、ちなつちゃんがパパと二人《ふたり》でうつっている写真《しゃしん》が現《あらわ》れた。

すると――。

「シゲルさんとホタルを見《み》に行《い》ったねえ。きれいだったたねえ」

突然《とつぜん》、颯太《そうた》のおばあちゃんが口《くち》をひらいた。

えっ！

颯太《そうた》のおばあちゃん、ちなつちゃんのパパと知《し》り合《あ》いなの!?

みんなびっくりしたけど、

「シゲルって、うちのおじいちゃんの名前《なまえ》だ」

颯太《そうた》がぽつりとつぶやいた。

そっか。

おばあちゃんは、この写真《しゃしん》を見《み》て、ちなつちゃんのパパのことをおじいちゃんだと思《おも》ってるんだね。

「シゲルさんとホタルを見《み》に行《い》ったら、突然雨《とつぜんあめ》がふってきてねえ。二人《ふたり》で大《おお》きな木《き》のほらに入《はい》って、雨宿《あまやど》りをしたんだよ」

おばあちゃんが懐《なつ》かしそうに話《はな》す。

「木《き》のほらからもホタルが見《み》えて、それはそれは、きれいだったねえ」

おばあちゃんは、フォトブックに手《て》を伸《の》ばし、ちなつちゃんのパパの顔《かお》を指先《ゆびさき》でそっとなぞった。

「ねえねえ、颯太《そうた》」

私《わたし》はとなりの颯太《そうた》にそっとささやいた。

「おばあちゃん、今《いま》、『こっち側《がわ》』にいるんじゃない？　それなら、颯太《そうた》とホタルを見《み》る約束《やくそく》をしたことも、ちゃんと覚《おぼ》えてるかもね！」

ところが颯太《そうた》は小《ちい》さく首《くび》を横《よこ》にふった。

「むかしのことは、よく覚《おぼ》えてるんだ。だから、おじいちゃんと一緒《いっしょ》に出《で》かけた時《とき》のことかの方《ほう》が、おれらのことより覚《おぼ》えてるみたい」

そうつぶやく颯太《そうた》は、さびしそうで、切《せつ》なそうで……。

私《わたし》はなんて言《い》えばいいかわからなくて、そっとうつむいた。

ママがまた、ページをめくった。

写真《しゃしん》の中《なか》では、とっぷりと日《ひ》が暮《く》れていて、池《いけ》のほとりには、小《ちい》さな緑色《みどりいろ》の点《てん》とも光《ひかり》ともつかない光《ひかり》が浮《う》かび上《あ》がっている。

次《つぎ》のページも、そのまた次《つぎ》のページも、ホタルの写真《しゃしん》がつづいた。

ホタルの光《ひかり》に見入《みい》っているちなつちゃんと千秋《ちあき》ちゃんの横顔《よこがお》の写真《しゃしん》もある。

「すてき……」

ホタルの光《ひかり》もすてきだけど、それに心《こころ》を奪《うば》われているちなつちゃんたちの表情《ひょうじょう》もカメラにおさめているなんて、ほんとにすてき。

さらにまたページをめくると――。

「あっ……！」

私《わたし》は、思《おも》わず声《こえ》をあげた。

その写真《しゃしん》では、千秋《ちあき》ちゃんが、白《しろ》い帽子《ぼうし》を地面《じめん》にかぶせていた。

帽子《ぼうし》の中《なか》にはホタルがいるようで、中《なか》から淡《あわ》い光《ひかり》がほのかにもれだしている。それを、

千秋《ちあき》ちゃんとちなつちゃんが、顔《かお》をよせ合《あ》いながらうれしそうに見《み》つめている——そんなほほえましい一瞬《いっしゅん》を切《き》り取《と》った写真《しゃしん》だった。

これを見《み》て、私《わたし》は、前《まえ》にちなつちゃんが言《い》ったことを思《おも》い出《だ》したの。

「ねえねえ、にこにこ。ぼうし、ぴかぴか？」

——あれは、未来《みらい》を見《み》たわけじゃない。この時《とき》のことを思《おも》い出《だ》したんだ。

「ねえねえ」って言《い》ったんじゃなくて、ねーね、って千秋《ちあき》ちゃんのことを言《い》ってたんだね。

私《わたし》は、前《まえ》にちなつちゃんが言《い》ったことを思《おも》いだしながら、ゆっくりと声《こえ》に出《だ》して言《い》った。

すると、ママと百花《ももか》さんが、ハッとして顔《かお》をあげた。

「ちなつちゃん、覚《おぼ》えてたのね……」

百花《ももか》さんがみるみるうちに目《め》をうるませる。

うん。

ちなつちゃんは、覚《おぼ》えてたんだね。

ホタルを見《み》に行《い》ったことは覚《おぼ》えてなくても。

楽《たの》しかった記憶《きおく》は、心《こころ》のどこかにちゃんと刻《きざ》まれていたんだね。

私《わたし》は、二人《ふたり》が楽《たの》しそうに帽子《ぼうし》の光《ひかり》をながめている写真《しゃしん》から、しばらく目《め》がはなせなかった。

写真《しゃしん》にうつる幸《しあわ》せそうな光景《こうけい》を見《み》ていると、過去《かこ》の思《おも》い出《で》が今《いま》もここにあるような気《き》がしてきた。

ちなつちゃんが覚《おぼ》えていなくても、幸《しあわ》せな記憶《きおく》は、心《こころ》のどこかにちゃんと残《のこ》っている。

忘《わす》れてもいいんだ、大事《だいじ》なことは消《き》えたりしないんだから。

11 約束《やくそく》の灯《あか》り

日《ひ》が暮《く》れるのを待《ま》って、私《わたし》たちはみんなで川辺《かわべ》にむかった。

颯太《そうた》のパパと私《わたし》のパパは、ひとあし先《さき》に行《い》って、川辺《かわべ》のスノーキャンドルに火《ひ》を灯《とも》してくれているんだよ。

暗《くら》くなった川辺《かわべ》に、キャンドルの炎《ほのお》がゆれたら、ホタルの光《ひかり》に見《み》えるかな、っていう計《けい》画《かく》なの。

それを見《み》て、おばあちゃんが颯太《そうた》とホタルの約束《やくそく》をしたことを思《おも》い出《だ》してくれたらいいな。

うまくいくかな。

いくといいな。

どきどきしちゃう！

ロッジの外《そと》は、凍《こご》えるほど寒《さむ》かった。

雪《ゆき》はふっていないけれど、冷気《れいき》がひんやりと肌《はだ》にしみこむかのよう。

空気《くうき》が冷《つめ》たくて、風《かぜ》がふくたび、私《わたし》たちはいっせいにマフラーに顔《かお》をうずめた。

「ちなつちゃん、寒《さむ》くない？　大丈夫《だいじょうぶ》？」

「うん！　じょーだいぶ！」

ちなつちゃんは、手袋《てぶくろ》ごしに、私《わたし》とつないだ手《て》にぎゅっと力《ちから》をこめて答《こた》えてくれた。

「おばあちゃんは大丈夫《だいじょうぶ》かな。寒《さむ》くないかな。それに、川辺《かわべ》までけっこう遠《とお》いけど、最後《さいご》まで歩《ある》けるかな」

私《わたし》は心配《しんぱい》になって、となりを歩《ある》く颯太《そうた》に、そっとささやいた。

「ああ。それならきっと大丈夫《だいじょうぶ》じゃないかな。うちのおばあちゃん、足腰《あしこし》はすごく丈夫《じょうぶ》だからさ。ほら、見《み》てよ」

颯太《そうた》が指《ゆび》さす方向《ほうこう》を見《み》ると、たしかに、おばあちゃんは私《わたし》たちを追《お》い抜《ぬ》き、背中《せなか》をしゃんと伸《の》ばして先頭《せんとう》を歩《ある》いている。

「ほんとだ。おばあちゃん、歩《ある》くのはやいね！　私《わたし》たちも置《お》いていかれないようにしなくっちゃ！」

やがて川辺《かわべ》に近《ちか》づいてくると、ふわりと冷《つめ》たい風《かぜ》がふき抜《ぬ》け、その瞬間《しゅんかん》、空気《くうき》が透《す》きとおった気《き》がした。

「わあ……！」

私《わたし》と手《て》をつないでいたちなつちゃんが、急《きゅう》に声《こえ》をあげて立《た》ち止《ど》まった。つられて私《わたし》も足《あし》をとめる。

「ちゃきちゃん、みて、みて！」

ちなつちゃんは、小《ちい》さな体《からだ》をぴんと伸《の》ばして、つま先立《さきだ》って川辺《かわべ》を見《み》つめている。

ちなつちゃんの視線《しせん》をたどると、

「わあ……！」

「すげえ！」

私《わたし》も颯太《そうた》も、同時《どうじ》に声《こえ》をあげた。驚《おどろ》きと感動《かんどう》が混《ま》ざり合《あ》って、ふわっと白《しろ》い息《いき》がこぼれ、あっという間《ま》に夜《よる》の闇《やみ》にとけていく。

だって、本当《ほんとう》にすごいんだよ！

川《かわ》のほとりには数《かぞ》えきれないほどのスノーキャンドルの灯《あか》りがならんでいて、雪《ゆき》のほやに包《つつ》まれた小《ちい》さな炎《ほのお》が、オレンジ色《いろ》のやさしい光《ひかり》を放《はな》ちながら、ゆらり、ゆらりと、まるで生《い》き物《もの》のようにゆれているの。

「生《い》きてるみたい……！」

風《かぜ》がふくたび、スノーキャンドルの炎《ほのお》が息《いき》づくように波打《なみう》つ。

「本当《ほんとう》にホタルがそこにいるみたい」

私《わたし》は思《おも》わず、声《こえ》に出《だ》してつぶやいた。

本物《ほんもの》のホタルを見《み》たことがないからわからないけど。

柔《やわ》らかな光《ひかり》の群《む》れが、まるで夜空《よぞら》から舞《ま》いおりたかのように、静《しず》かに川面《かわも》を照《て》らしている。光《ひかり》は、冷《つめ》たく澄《す》んだ空気《くうき》の中《なか》で、あたたかくゆれていた。

「ああ。きっと、ほんとのホタルってこんな感《かん》じなんだろうな」

颯太《そうた》も、静《しず》かに言《い》った。

ゆらめく光《ひかり》が川面《かわも》にもうつりこみ、まるでそこにもホタルが舞《ま》っているかのよう。

冷《つめ》たい空気《くうき》の中《なか》で、光《ひかり》だけがあたたかく、やさしく、私《わたし》たちの目《め》を引《ひ》きつけていた。

時《とき》が止《と》まったみたい、と私《わたし》は思《おも》った。

目《め》に見《み》えないホタルたちが、川《かわ》の流《なが》れに合《あ》わせて静《しず》かに踊《おど》る様子《ようす》に見《み》とれていたら――。

「あれ……？」

颯太《そうた》のママが、突然《とつぜん》、きょろきょろとあたりを見回《みまわ》した。

「おばあちゃんは!?」

それを聞《き》いて、私《わたし》のママもぎょっとして周囲《しゅうい》に視線《しせん》を走《はし》らせる。

「ほんとだ！　おばあちゃんがいない！」

「何《なん》で!?　さっきまで、そこにいたのに……！」

颯太《そうた》のママは、夜目《よめ》にもわかるぐらい、青《あお》ざめている。

「おばあちゃん、どこに行《い》っちゃったの!?」

「おばあちゃん！」

「おばあちゃん！　どこにいるの!?」

みんなの声《こえ》が、川辺《かわべ》にむなしくこだまする。

「ちなつちゃん、しっかり私《わたし》の手《て》をつかんでてね。絶対《ぜったい》にはなさないでね」

私《わたし》はちなつちゃんの手《て》をぎゅっとにぎった。これでちなつちゃんまではぐれてしまったら目《め》もあてられないよ！

パパたちは、持《も》っていた懐中電灯《かいちゅうでんとう》であたりを照《て》らしてくれた。

「あっ！　あちあと！」

地面《じめん》を指《さ》して、ちなつちゃんが声《こえ》をあげる。

「ほんとだ！　これをたどってみよう！」

かすかな光《ひかり》に照《て》らしだされた足跡《あしあと》。私《わたし》たちはそれをたよりに、暗闇《くらやみ》の中《なか》を進《すす》んでいった。

それは今《いま》の私《わたし》たちにとって、希望《きぼう》の光《ひかり》のように思《おも》えたのだけど……。

「あちあと、きえちゃった……」

「見《み》えなくなっちゃったね、足跡《あしあと》……」

やがて足跡《あしあと》は完全《かんぜん》に雪《ゆき》に覆《おお》われてしまい、見《み》えなくなった。

暗闇《くらやみ》の中《なか》、懐中電灯《かいちゅうでんとう》の光《ひかり》が不安定《ふあんてい》にゆれた。

「おばあちゃん、どこに行《い》ったんだ！」

颯太《そうた》がぎりぎりと奥歯《おくば》をかんだ。

見《み》た目《め》に反《はん》して足腰《あしこし》がじょうぶで、歩《ある》くのがはやいおばあちゃん。こうしている間《あいだ》にも、どんどん遠《とお》くに行《い》ってしまってるかもしれない。

夜《よる》は長《なが》いのに、こんな山奥《やまおく》で迷子《まいご》になったら、おばあちゃん、どうなっちゃうの!?

早《はや》く。

早《はや》く見《み》つけないと……!

私《わたし》はあせりと不安《ふあん》で胸《むね》が押《お》しつぶされそうだった。


——私《わたし》のせいだ。

私《わたし》は、足《あし》もとの雪《ゆき》をじっと見《み》つめ、こぶしをにぎりしめた。

私《わたし》が、スノーキャンドルをホタルに見立《みた》てて、おばあちゃんの約束《やくそく》を果《は》たすお手伝《てつだ》いをしよう、なんて言《い》ったからだ。

それで、このロッジにみんなで旅行《りょこう》に来《き》たりなんかしたから。

私《わたし》がそんなことを言《い》いださなかったら、今《いま》ごろ、颯太《そうた》のおばあちゃんはあの木《き》のぬくもりの感《かん》じられるあたたかいグループホームで、快適《かいてき》にすごしていたはずなのに。

結局《けっきょく》、おばあちゃんは何《なん》にも思《おも》い出《だ》せてない。

ホタルのことも、思《おも》い出《で》の場所《ばしょ》のことも、颯太《そうた》との約束《やくそく》のことも、何《なん》にも。

颯太《そうた》のことさえ、誰《だれ》だかわかってない。

そのうえ、おばあちゃんがいなくなってしまった。

こんな、誰《だれ》もいない山奥《やまおく》で……！

……ぽたっ、ぽたっ……。

くやしさと自己嫌悪《じこけんお》で、涙《なみだ》がこみあげる。涙《なみだ》は私《わたし》の頬《ほほ》をつたって、地面《じめん》に落《お》ちた。

「ごめんね、颯太《そうた》。ごめんね」

突然涙《とつぜんなみだ》を流《なが》してあやまる私《わたし》を、颯太《そうた》がぎょっとしてふりむく。

「ど、どうしたんだよ、いきなり」

「私《わたし》が、颯太《そうた》のおばあちゃんをここにつれてこようって言《い》ったからだよね。私《わたし》がよけいなことを言《い》い出《だ》さなかったら、今《いま》ごろこんなことになってなかったのに……。結局《けっきょく》おばあちゃんは何《なに》も覚《おぼ》えてないのに。私《わたし》、よけいなことをしただけだった。ほんとにごめん」

ごめん、ごめんね、としゃくりあげていたら、

「そんなことない」

力強《ちからづよ》い声《こえ》とともに、颯太《そうた》がガシッと私《わたし》の両肩《りょうかた》をつかんだ。

「ちなつが幼稚園《ようちえん》で作《つく》ったスノーキャンドルを見《み》て、ホタルみたいだって思《おも》ってくれた。そして、おばあちゃんのことを思《おも》い出《だ》して、こうしてここでスノーキャンドルをともしておばあちゃんに見《み》せようって提案《ていあん》してくれたんだ。そういうふうに思《おも》ってくれることが、おれや母《かあ》さんにとってどれだけうれしかったか、わかるか」

私《わたし》は少《すこ》し照《て》れくさくなって、ひざの上《うえ》に視線《しせん》を落《お》とした。

「すげえよ、実咲《みさき》は」

颯太《そうた》は私《わたし》の肩《かた》から手《て》をはなすと、遠《とお》くを見《み》つめた。

「たしかに、今日《きょう》のおばあちゃんは、ホタルのことも、おれとの思《おも》い出《で》も、何《なに》も覚《おぼ》えてないかもしれない。でも、きっと――いや、絶対《ぜったい》に――今日《きょう》、ここに来《き》たってことは、心《こころ》のどこかに刻《きざ》まれてるんだよ。さっきのちなつみたいにさ」

颯太《そうた》の言《い》う通《とお》りかもしれない――忘《わす》れても、大切《たいせつ》なものは消《き》えないんだ。

「忘《わす》れたからって、思《おも》い出《で》が消《き》えるわけじゃない。幸《しあわ》せだった気持《きも》ちは消《き》えないし、大好《だいす》きだって事実《じじつ》は変《か》わらないんだ」

颯太《そうた》は少《すこ》しほほえんで、私《わたし》の方《ほう》をちらりと見《み》た。

「さっき、おばあちゃんが楽《たの》しそうに笑《わら》ってたの、見《み》ただろ？」

私《わたし》は小《ちい》さくうなずいた。

ロッジで、みんなでドーナツを食《た》べている時《とき》。

あの時《とき》のおばあちゃんの笑顔《えがお》は、本当《ほんとう》に楽《たの》しそうだった。

「きっと、おばあちゃんは、今日《きょう》の楽《たの》しかったって気持《きも》ちはずっと忘《わす》れずに心《こころ》のどこかに残《のこ》ってるよ。それは、実咲《みさき》のおかげなんだ」

颯太《そうた》はそう言《い》って、私《わたし》の肩《かた》を軽《かる》くたたいた。

「だから、実咲《みさき》はあやまらなくていいし、あやまる必要《ひつよう》なんて1ミリたりともない」

その言葉《ことば》に、私《わたし》は心《こころ》がじんわりと温《あたた》かくなっていくのを感《かん》じた。また涙《なみだ》がこぼれそうになったけど、目《め》の奥《おく》にぐっと力《ちから》をこめて、泣《な》くのをこらえた。

照《て》れくさくて、何《なん》て言《い》えばいいかわからなくて、手持《ても》ちぶさたな私《わたし》は、むやみにちなつちゃんをなでくり回《まわ》した。

「ちゃきちゃん、くちゅぐったいよ」

ちなつちゃんは体《からだ》をよじって、くすくす笑《わら》う。

と、その時《とき》。

私《わたし》はふと、思《おも》い出《だ》した。

『おばあちゃん、らんらんたうんでかくれんぼしてたね』

前《まえ》に、ちなつちゃん、そう言《い》ってたよね？

もしかして……！

「ねえ、颯太《そうた》。昼間《ひるまみ》見た、大《おお》きな木《き》、覚《おぼ》えてる？　おばあちゃん、そこにいるかも！」

12 かくれんぼ

「見《み》えた！　あの木《き》だよ、ほら！」

てっぺんが見《み》えないぐらい、空高《そらたか》くそびえたつ、大《おお》きな木《き》。

昼間見《ひるまみ》た、あの木《き》だ。

「おばあちゃん！」

颯太《そうた》を先頭《せんとう》に、私《わたし》たちは猛《もう》ダッシュで大木《たいぼく》にかけよった。

思《おも》った通《とお》りだった。

おばあちゃんは、木《き》のほらの中《なか》にいた。

「みーちゅけた！」

おばあちゃんを見《み》て、ちなつちゃんがリズムをつけて声《こえ》をあげた。

「ほら、みて！　おばあちゃん、らんらんたうんでかくれんぼしてる！」

ちなつちゃんの声《こえ》に、おばあちゃんは顔《かお》をあげてきょとんとしながら、私《わたし》たちをゆっくりと見回《みまわ》した。

そして、颯太《そうた》の顔《かお》を見《み》ると、うれしそうに笑《わら》った。

「颯太《そうた》。ごらん、あの光《ひかり》。まるでホタルみたいだねえ。絵本《えほん》に出《で》てきたホタルとも、よく似《に》てる」

おばあちゃんの瞳《ひとみ》には、川《かわ》のほとりに見《み》えるスノーキャンドルの灯《あか》りがうつりこんでいる。

「絵本《えほん》……？」

颯太《そうた》が、とまどったような声《こえ》をもらし、おばあちゃんを見《み》つめた。

「おばあちゃん、今《いま》、絵本《えほん》って言《い》った……？」

まるで信《しん》じられないという顔《かお》をして、もう一度《いちど》つぶやく。

「おや、忘《わす》れたのかい？　絵本《えほん》を見《み》て、いつか本物《ほんもの》のホタルを見《み》たいって言《い》ったのは颯太《そうた》だったじゃないか」

おばあちゃんは、やさしい声《こえ》で、颯太《そうた》を見《み》つめながら言《い》った。

「うん……うん……覚《おぼ》えてるよ、おばあちゃん」

颯太《そうた》は声《こえ》をふるわせる。

「いつか本物《ほんもの》のホタルを見《み》せてくれる、って約束《やくそく》してくれたよね。もちろん、覚《おぼ》えてるよ」

「ここはねえ、おばあちゃんが、おじいちゃんと新婚旅行《しんこんりょこう》で来《き》たところとそっくりだ」

おばあちゃんは川《かわ》の流《なが》れの行方《ゆくえ》を見《み》つめながら、なつかしそうに目《め》を細《ほそ》めた。

「夜《よる》、おじいちゃんと一緒《いっしょ》に川辺《かわべ》を歩《ある》いていたら、ホタルがちらちら〜と飛《と》び交《か》っててね。それはそれはきれいだったんだ」

おばあちゃんは、なつかしそうに目《め》を細《ほそ》めて、スノーキャンドルの光《ひかり》を見《み》つめた。

「いつかみんなに見《み》せてやりたいって、ずっと思《おも》ってたんだよ」

「うん、うん。ありがとうな、おばあちゃん」

颯太《そうた》は、涙《なみだ》ぐみながら、やさしくおばあちゃんを見《み》つめた。

「ほんとのホタルもきれいだけど、この灯《あか》りも、ホタルに負《ま》けず劣《おと》らず、きれいだねえ」

おばあちゃんはゆっくりと目《め》をとじて、幸《しあわ》せそうな笑《え》みを浮《う》かべた。

「ほんとのホタルも、みんなで見《み》に行《い》こうな、おばあちゃん」

するとおばあちゃんは、ゆっくりと首《くび》を横《よこ》にふった。

「もう、そんなに長《なが》くないからね。行《い》けるかどうか、先《さき》のことはわからん」

「いいや、行《い》けるよ。きっと」

颯太《そうた》は力強《ちからづよ》くそう言《い》い切《き》った。


颯太《そうた》がおばあちゃんの手《て》をとり、ほらから出《で》ると、私《わたし》たちはロッジにむかって歩《ある》きだした。颯太《そうた》のおばあちゃんは歩《ある》くのが速《はや》くて、スタスタと先《さき》に行《い》く。

「みんなが心配《しんぱい》してるだろうから、先《さき》に行《い》ってて。私《わたし》、ちなつちゃんとゆっくり行《い》くから」

颯太《そうた》に言《い》って、私《わたし》とちなつちゃんがゆっくり歩《ある》いていると、パパたちが横道《よこみち》からひょっこり現《あらわ》れた。

「いたか？」

「おい、颯太《そうた》くんはどうした。颯太《そうた》くんもはぐれたのか？」

私《わたし》とちなつちゃんが二人《ふたり》きりでいるのをみて、パパたちが血相《けっそう》をかえた。

「そーたくん、あそこだよ。ほら、おててつないであるいてる」

ちなつちゃんが前《まえ》の方《ほう》を歩《ある》いている颯太《そうた》とおばあちゃんを指《さ》すと、パパたちはいっせいに懐中電灯《かいちゅうでんとう》でその方向《ほうこう》を照《て》らした。

ちなつちゃんの言《い》った通《とお》り、颯太《そうた》がおばあちゃんと手《て》をつないでいるのが見《み》えたとたん、パパたちは大《おお》きく息《いき》を吐《は》いて、その場《ば》でしゃがみこんだ。

「よかった……！」

「ああ、よかった、よかった……！」

＊＊＊

ロッジにもどると、パパたちはすぐに暖炉《だんろ》に火《ひ》を入《い》れて、薪《まき》をくべた。

「おばあちゃん、ここに座《すわ》って。よくあたたまって」

颯太《そうた》が、おばあちゃんに暖炉《だんろ》の前《まえ》のイスをすすめる。

「今《いま》からあたたかいのを用意《ようい》するからね。ちょっと待《ま》っててね」

「おばあちゃんはお茶《ちゃ》がいいよね。実咲《みさき》ちゃんと颯太《そうた》は？　お茶《ちゃ》？　ココアもあるよ」

「ちなつちゃんは？　ココアがいい？」

ママたちがかわりばんこに私《わたし》たちにたずねる。

「ここあ？　やったー！　ここあ、のむー！」

「私《わたし》も手伝《てつだ》う！　颯太《そうた》もココアでいい？」

「ああ、ありがと」

私《わたし》は立《た》ち上《あ》がり、ママたちがいるキッチンにむかった。

「僕《ぼく》たちはスノーキャンドルのロウソクを回収《かいしゅう》してくるよ」

「ありがとう。暗《くら》いから気《き》を付《つ》けてね。これ、ゴミ袋《ぶくろ》に使《つか》って」

ママが差《さ》し出《だ》したビニール袋《ぶくろ》を受《う》け取《と》ると、パパたちは二人《ふたり》でつれだって、再《ふたた》び外《そと》へ出《で》て行《い》った。

みんなそれぞれにいそがしく動《うご》き回《まわ》っている間《あいだ》に、暖炉《だんろ》の火《ひ》は勢《いきお》いよくもえ、部屋全体《へやぜんたい》がじんわりとあたたかくなってきた。

やがてお茶《ちゃ》とココアの用意《ようい》ができた。

私《わたし》は、人数分《にんずうぶん》の湯飲《ゆの》みとマグカップをトレイにのせて、そっと暖炉《だんろ》の方《ほう》へと歩《ある》き出《だ》した。

いれたてのココアのマグカップからは、チョコレートとミルクのとけあったまろやかな香《かお》りが、ほんのりとただよってくる。

こぼさないよう気《き》をつけながら静《しず》かに歩《ある》いていると、颯太《そうた》とおばあちゃんの会話《かいわ》が耳《みみ》に入《はい》ってきた。

「おかしいねえ。何《なん》でだろう。颯太《そうた》と会《あ》う時《とき》は、必《かなら》ず用意《ようい》してるはずなんだけどねえ」

おばあちゃんがしきりにポケットをまさぐっている。

「ごめんね、颯太《そうた》。おばあちゃんね、今日《きょう》、豆大福《まめだいふく》を持《も》ってくるの、忘《わす》れちゃったみたい。颯太《そうた》に会《あ》う時《とき》は必《かなら》ず用意《ようい》してるのに、何《なん》でだろうねえ。大好《だいす》きな豆大福《まめだいふく》を持《も》ってくるの忘《わす》れちゃって、ごめんねえ」

「ううん、いいんだよ、おばあちゃん。おばあちゃんがいてくれたら、それだけでいいんだから」

二人《ふたり》の会話《かいわ》の邪魔《じゃま》をしたくなくて、私《わたし》は両手《りょうて》でトレイを持《も》ったまま、足《あし》を止《と》めた。

「年《とし》をとるとね、だめだねえ。すぐに忘《わす》れちゃうんだよ。忘《わす》れてることすら、忘《わす》れちゃうの」

おばあちゃんはため息《いき》をつき、さびしそうに首《くび》をふった。

「でもね、忘《わす》れないでいてほしいことがあるんだよ。たとえ何《なに》かを忘《わす》れちゃってもね……おばあちゃんが颯太《そうた》のこと、こんなに大好《だいす》きだってこと。それだけはずっと忘《わす》れないでいてほしいんだよ」

おばあちゃんは、しわの深《ふか》い手《て》を、ゆっくりと颯太《そうた》に伸《の》ばした。颯太《そうた》はその手《て》を両手《りょうて》でつかみ、しっかりとにぎりかえした。

「大丈夫《だいじょうぶ》だよ、おばあちゃん。おばあちゃんが僕《ぼく》のことを大好《だいす》きだってこと、ずっと覚《おぼ》えてるから。絶対《ぜったい》に忘《わす》れないよ」

「ああ、颯太《そうた》の手《て》はあたたかいねえ。こんなに大好《だいす》きなのに、何《なん》で忘《わす》れちゃうんだろうねえ。忘《わす》れたくないのにねえ……」

二人《ふたり》のやり取《と》りに、私《わたし》は心《こころ》を動《うご》かされ、じんわりと目頭《めがしら》があつくなってきた。

いけない。

今《いま》、両手《りょうて》がふさがってるのに。

私《わたし》は、トレイをそっとテーブルに置《お》いた。

袖《そで》で目《め》もとをぬぐっていると、

「ココア、できたんだ。ありがとう。——おばあちゃん。お茶《ちゃ》、飲《の》む？」

颯太《そうた》が気《き》づき、おばあちゃんをつれてテーブルに来《き》た。

「ちょっとぬるくなっちゃったかも。ごめんね」

「わーい、ここあだ！」

私《わたし》たちはテーブルをかこみ、それぞれのカップを手《て》にとった。

ココアは少《すこ》しぬるくなっていたけど、あまさとあたたかさが心《こころ》にしみる。

「パパたちも、そろそろ帰《かえ》ってくるんじゃない？　パパたちのココアも作《つく》ろうか？」

私《わたし》はパパたちのことを思《おも》い出《だ》し、立《た》ちあがりかけたけど、

「ふふふ。オトナたちには、とっておきのものを用意《ようい》してあるの」

キッチンにいるママがふりむき、にやりと笑《わら》った。

「じゃーん。ホットワイン！」

百花《ももか》さんが、ワインをほこらしげにかかげる。

「そういえばリカちゃんち、新婚旅行《しんこんりょこう》でドイツに行《い》った時《とき》に本場《ほんば》のホットワインを飲《の》んだって言《い》ってたっけ」

「そうなの、よく覚《おぼ》えてるね！　ちょうどクリスマスマーケットの時季《じき》でね」

「ええっ！　それはうらやましいです！　私《わたし》、行《い》ったことないんですよ」

「まあ、そうなの!?　ももちゃん、ヨーロッパなんてしょっちゅう行《い》ってるのに」

「なぜかその時季《じき》だけは、いつもちがうところにいるんですよねえ」

ママたちの話《はなし》がどんどんずれていくのはいつものことだ。

ママたちのことはほうっておいて、私《わたし》たちはマグカップを両手《りょうて》で持《も》ち、ゆっくりとココアをすすった。

「ここあ、おいちー！」

ちなつちゃんが、口《くち》のまわりにココアのひげをつけながらほほえむ。

おばあちゃんも、ゆっくりと湯飲《ゆの》みを持《も》ちあげて、一口《ひとくち》すすった。

「おいしいねえ……こういう時間《じかん》が、本当《ほんとう》にしあわせだよ」

おばあちゃんはしみじみと言《い》った。

私《わたし》は、ココアをふうふうとさますちなつちゃんを見《み》つめながら、思《おも》わずにいられなかった。


いつか、ちなつちゃんはこの家《いえ》を出《で》ていくかもしれない。

ちなつちゃんの能力《のうりょく》が消《き》えたら、どうなるのか、まだわからない。そのあともこのまま一緒《いっしょ》に暮《く》らせるかもしれないし、そうでないかもしれない。

この先《さき》どうなるかわからないけど、でも、一《ひと》つだけ、たしかなことがある。

私《わたし》、ちなつちゃんのこと、大好《だいす》きだよ。

私《わたし》がちなつちゃんのことをこんなにも好《す》きだってこと、ずっとずっとずっと、心《こころ》のどこかに残《のこ》ってくれているといいな――。

エピローグ

バレンタインの日《ひ》がやってきた。

「実咲《みさき》！　準備《じゅんび》、できた？」

休《やす》み時間《じかん》、あかりと詩乃《しの》が私《わたし》の席《せき》に来《き》て、あたりに誰《だれ》もいないのをたしかめると、小声《こごえ》で聞《き》いてきた。

「うん。ばっちり！　下《した》ごしらえは全部《ぜんぶ》できてるから、あとは、家《いえ》に帰《かえ》ったらしあげるだけなんだ」

「えっ。まだ完成《かんせい》してないの!?」

二人《ふたり》は驚《おどろ》く。

「うん。だって、できたてを渡《わた》したいし」

「チョコなら、別《べつ》に、できたてじゃなくてもよくない？」

あかりと詩乃《しの》は不思議《ふしぎ》そうな顔《かお》をしていたけど、

「えへへ。だって、チョコじゃないもん」

私《わたし》は、肩《かた》をすくめてみせた。


家《いえ》に帰《かえ》ると、私《わたし》は大《おお》いそぎでしあげにとりかかった。

今日《きょう》は、ママがちなつちゃんを幼稚園《ようちえん》にお迎《むか》えに行《い》ってるの。

「よーし、作《つく》るぞ！」

誰《だれ》もいないキッチンで、私《わたし》は一人《ひとり》、はりきってうでまくりをした。

昨日《きのう》のうちにえんどう豆《まめ》は煮《に》てあるし、あんこも丸《まる》めて冷《ひ》やしておいた。

あとは、皮《かわ》を作《つく》るだけ。

餅粉《もちこ》とお水《みず》と砂糖《さとう》をよく混《ま》ぜて、レンジで加熱《かねつ》して、また混《ま》ぜて、また加熱《かねつ》して……。

そこに、昨日《きのう》のうちに煮《に》ておいたお豆《まめ》さんを加《くわ》えて、またよく混《ま》ぜて。

これで皮《かわ》のできあがり！

あとは、丸《まる》めておいたあんこを包《つつ》むだけ。

生地《きじ》がベタベタして、思《おも》ってたよりも包《つつ》むのが大変《たいへん》だったけど、なんとか形《かたち》になった。

「じゃじゃーん！　豆大福《まめだいふく》の完成《かんせい》です！」

できたての豆大福《まめだいふく》は、少《すこ》しゴツゴツしていて、お店《みせ》で売《う》ってるやつみたいにきれいなまんまるにはならなかったけど……これはこれで、いいよね!?

私《わたし》は、あらかじめ買《か》っておいた小《ちい》さな箱《はこ》に、作《つく》りたての豆大福《まめだいふく》をそっと入《い》れると、はやる気持《きも》ちをおさえて、おとなりにむかった。

何《なん》て言《い》って渡《わた》そうかな。

「知《し》ってる？　今日《きょう》、バレンタインなんだよ。颯太《そうた》、チョコよりもこっちがいいかなって思《おも》って……うーん、何《なん》かちがうな……。――知《し》ってる？　今日《きょう》、バレンタインなの。だから、颯太《そうた》にはいつもちなつちゃんのこととかでいろいろお世話《せわ》になってるし、今年《ことし》は何《なに》かあげてもいいかなって思《おも》って作《つく》ってみて、だから……うーん――これも何《なん》かちがうなぁ……」

うーん、なんて言《い》いながら渡《わた》せばいいのだろう。

豆大福《まめだいふく》を作《つく》ることで頭《あたま》がいっぱいで、そんなことまで考《かんが》えてなかったよ。

うーん……。

玄関《げんかん》の前《まえ》で、ああでもないこうでもないとシミュレーションしていたら――。

「実咲《みさき》？」

背後《はいご》から急《きゅう》に声《こえ》をかけられて、
ビクビクビクッ！

私《わたし》は文字通《もじどお》り、飛《と》び上《あ》がって驚《おどろ》いた。

「そ、颯太《そうた》!? 何《なん》でそんなとこにいるの!?」

てっきり家《いえ》の中《なか》にいると思《おも》ってたのに！　まだ心《こころ》の準備《じゅんび》ができてないのに!!

「そんなこと言《い》われても。実咲《みさき》こそ、ここで何《なに》してんの」

颯太《そうた》がごもっともなことを言《い》う。

「えっと……何《なに》してるって言《い》われても……あの……その……あれから、おばあちゃん、どう？　お元気《げんき》？」

さっきまでのシミュレーションは、いったいなんだったのか。

まるでちがうことを口走《くちばし》る私《わたし》。

「こないだはありがとな。おばあちゃん、相変《あいか》わらずおれたちのことを忘《わす》れたり思《おも》い出《だ》したりを繰《く》りかえしてるけど、でも、まあ元気《げんき》だよ」

「そっか。よかった」

「スノーキャンドルの写真《しゃしん》をだんらんタウンの人《ひと》たちに見《み》せたら、みんな興味《きょうみ》しんしんでさ。今度雪《こんどゆき》がふったらみんなで作《つく》るんだって。スタッフの人《ひと》たち、はりきってた」

「へえ、それは楽《たの》しそうだね！」

「うん。楽《たの》しいイベントになりそう、って喜《よろこ》んでた。スノーキャンドルのこと、教《おし》えてくれてありがとな」

颯太《そうた》がやさしい笑《え》みを浮《う》かべて私《わたし》を見《み》つめるから、私《わたし》はむだにドキドキしてしまう。

「……」

「……」

会話《かいわ》がとぎれて、はりつめた沈黙《ちんもく》が私《わたし》たちの間《あいだ》におりた。

ああ、何《なに》か言《い》わなくちゃ。

そして、これを渡《わた》さなくちゃ。

でも、何《なん》て言《い》って渡《わた》したらいい？

どうしよう。何《なん》て言《い》おう。

どき、どき、どき……。

「えっと……はい！」

緊張感《きんちょうかん》に耐《た》えきれなくなって、私《わたし》は、持《も》っていた箱《はこ》を颯太《そうた》の顔《かお》の前《まえ》につきつけた。

「えっ。おれに？」

「うん」

「へー。ありがと。ちょっと待《ま》ってて。自転車《じてんしゃ》、まずとめるから」

颯太《そうた》が自転車《じてんしゃ》をとめている間《あいだ》、私《わたし》は、緊張《きんちょう》していて、沈黙《ちんもく》をうめたくて、どうでもいいことも口走《くちばし》った。

「颯太《そうた》って、豆大福《まめだいふく》が好《す》きなんだね。知《し》らなかったよ」

すると、颯太《そうた》は、

「あー……、あれね。はは……」

と、なぜか少《すこ》し困《こま》ったような顔《かお》をした。

「実《じつ》はさ……おれ、ほんとは豆大福《まめだいふく》、そんなに好《す》きじゃなかったんだよな。っていうか、むしろきらい、みたいな？」

「ええっ!?」

私《わたし》は驚《おどろ》いて、思《おも》わず大声《おおごえ》をあげた。

「何《なん》で？　何《なん》で？　だって、颯太《そうた》のおばあちゃん、颯太《そうた》のためにいつも豆大福《まめだいふく》を用意《ようい》してるって言《い》ってたじゃん！」

あわをくって驚《おどろ》いている私《わたし》を見《み》て、颯太《そうた》は苦笑《にがわら》いしながら、話《はな》してくれた。

はじめておばあちゃんが豆大福《まめだいふく》をくれた時《とき》、きらいって言《い》えなくて、つい「大好《だいす》きだ」って言《い》ってしまったんだって。そしたらそれ以来《いらい》、おばあちゃんは颯太《そうた》に会《あ》うたびに豆大福《まめだいふく》を用意《ようい》してくれるようになったんだって。

「そのうち、本当《ほんとう》のことを言《い》うタイミングをのがしちゃってさ。ずっと食《た》べつづけてるんだ」

「え……。じゃあ、颯太《そうた》は、豆大福《まめだいふく》がきらいなの……？」

私《わたし》は青《あお》ざめた。

そうとも知《し》らずに、私《わたし》、うきうきで豆大福《まめだいふく》を作《つく》っちゃったよ……！

私《わたし》は、全身《ぜんしん》から力《ちから》がぬけていくようで、立《た》っているのがやっとだった。

「母《かあ》さんにも、『無理《むり》して食《た》べなくてもいいのよ』って言《い》われたけど、何《なん》か言《い》えなくてさ。年《ねん》に何回《なんかい》かしか会《あ》わないし、まあ、いいかって思《おも》ってたんだ」

カシャン、と自転車《じてんしゃ》から鍵《かぎ》をぬきとると、

「お待《ま》たせ。それ、もらっていい？」

颯太《そうた》が、私《わたし》の手《て》から箱《はこ》を取《と》ろうとするから、

「やだ。だめ」

私《わたし》はあわてて箱《はこ》を背中《せなか》のうしろに隠《かく》した。

「は!?　何《なん》でだよ」

「だって……これ、颯太《そうた》のじゃないし」

「――でも、箱《はこ》に颯太《そうた》へって書《か》いてあるじゃん」

私《わたし》のばか！　ばかばかばかばかばか！　何《なん》でメッセージカードなんかつけちゃったの！

「いいからくれよ。おれ、すっげえおなかすいてるんだけど」

「いや、別《べつ》に、これ、食《た》べ物《もの》とは限《かぎ》らないでしょ！」

「食《た》べ物《もの》じゃないの？」

「食《た》べ物《もの》だけど……」

「じゃあ、いいじゃん」

「うーん……。わかった。はい。でも、気《き》に入《い》らなかったら、ちなつちゃんとかにあげてくれたらいいから」

私《わたし》は観念《かんねん》して、箱《はこ》を渡《わた》した。

「やった。開《あ》けていい？」

開《あ》けていい？　と聞《き》いてるくせに、こっちがまだ何《なに》も答《こた》えないうちから、颯太《そうた》はその場《ば》でリボンをほどき、箱《はこ》を開《あ》けた。

「豆大福《まめだいふく》……？」

中《なか》を見《み》て、目《め》を丸《まる》くしている。

「ごめん。まさか颯太《そうた》がほんとは豆大福《まめだいふく》がきらいとは知《し》らなくて。はりきって作《つく》っちゃった。ばかみたいだよね、私《わたし》」

「えっ、作《つく》った!? 実咲《みさき》が、これを？」

「うん」

もう、恥《は》ずかしくて、情《なさ》けなくて、消《き》えたい。

「すげえ。豆大福《まめだいふく》って作《つく》れるんだ」

「ごめんね、私《わたし》、わざわざ颯太《そうた》のきらいなもの作《つく》っちゃって……」

小《ちい》さくなってあやまる私《わたし》を前《まえ》にして、颯太《そうた》は豆大福《まめだいふく》を手《て》に取《と》り、食《た》べようとする。

「だめだめ、食《た》べなくていい！ きらいだって知《し》らなかったんだから！ 本当《ほんとう》にごめん、無理《むり》しないで！」

でも、颯太《そうた》は豆大福《まめだいふく》をつかむと、にっこり笑《わら》って言《い》った。

「好《す》きな人《ひと》からもらったものなら、食《た》べたいじゃん」

えっ!?

す、す、すすす好《す》きな人《ひと》からもらったものなら？

ちょっと、それ、どういうこと!?

もっとくわしく聞《き》きたくて、

「颯太《そうた》、それって……」

って口《くち》をひらいたのに――。

「ちゃきちゃーん！　ただいま！　あ、そーたくんだ！　なんかぱべてる！　なっちゃんもちょーだい！」

たたたたっ、とちなつちゃんが駆《か》け寄《よ》ってきたもんだから、聞《き》けなくなっちゃった。

んもう、ちなつちゃんったら。今《いま》、すっごく大事《だいじ》なとこだったのに！

「だめ。これだけはあげられない。ごめんな、ちなつ」

颯太《そうた》はそう言《い》うと、豆大福《まめだいふく》をほおばり、満足《まんぞく》そうにほほえんだ。

「無理《むり》して食《た》べてくれなくていいのに！」

あわてる私《わたし》を前《まえ》に、颯太《そうた》は、豆大福《まめだいふく》を味《あじ》わうようにゆっくり食《た》べている。

「言《い》ったただろ？　きらいだった、って。過去形《かこけい》。今《いま》は本当《ほんとう》に好《す》きなんだ。おばあちゃんと会《あ》うたびに必《かなら》ず食《た》べてたら、いつの間《ま》にか本当《ほんとう》に好《す》きになったんだよな」

そう言《い》って、颯太《そうた》は残《のこ》りの大福《だいふく》も口《くち》に入《い》れ、満足《まんぞく》そうにほおばった。

「よかった。きらいなままじゃなくて……」

私《わたし》は心《こころ》からほっとした。

「うーん、そーたくんは、おまんじゅう、すきなの？　きらいなの？　どっちなの？」

ちなつちゃんが首《くび》をかしげている。

「きらいだったけど好《す》きになった、ってことかな」

颯太《そうた》が言《い》うと、ちなつちゃんは、何《なに》かひらめいたかのように「わかった！」と叫《さけ》ぶと、突然《とつぜん》、がばっ！　と足《あし》をひらいてカッコよくポーズを決《き》めた。

「しゅきときらいはうらおもて！」

それを見《み》た瞬間《しゅんかん》、私《わたし》と颯太《そうた》は、思《おも》わず顔《かお》を見合《みあ》わせた。

これ、ちなつちゃんがロッジで見《み》た未来《みらい》だ……！

「ふふふ。それにしてもよかった。颯太《そうた》がもう、豆大福《まめだいふく》がきらいじゃなくて」

ひとりごとのつもりが、颯太《そうた》にも聞《き》こえてたみたい。

「たとえきらいなままだったとしても、実咲《みさき》がくれるものだったらなんだって食《く》うけどな」

「えっ」

今《いま》の、どういうこと!?

もっとくわしく聞《き》きたいのに、

「ねえねえ、だいちゃんのおちゃんぽ、いこー！」

「わふ！　わふっ！」

またもやちなつちゃんから（今度《こんど》は大福《だいふく》にまで！）邪魔《じゃま》をされてしまったのだった。

あとがき

ここまで読《よ》んでいただきありがとうございます。楽《たの》しんでいただけましたでしょうか。

今回《こんかい》の話《はなし》を書《か》くにあたり、認知症《にんちしょう》の方《かた》をご家族《かぞく》に持《も》つたくさんの方《かた》に貴重《きちょう》な話《はなし》を聞《き》かせていただきました。とりわけS様《さま》ご家族《かぞく》には、日常《にちじょう》の中《なか》の小《ち》さな幸《しあわ》せや、家族《かぞく》の絆《きずな》についていっぱい教《おし》えていただき、とても参考《さんこう》になりました。取材《しゅざい》にご協力《きょうりょく》いただいたみなさま、ありがとうございました。

ところで、表紙《ひょうし》のスノーキャンドル、すてきですよね！　あたたかくて、きらめいていて、明《あか》るくて……。いつもイメージどおり、いや、それ以上《いじょう》のイラストを描《か》いていただき、福《ふく》きつね先生《せんせい》には感謝《かんしゃ》の気持《きも》ちでいっぱいです。このスノーキャンドルが、読者《どくしゃ》のみなさんの心《こころ》にも温《あたた》かい灯《あか》りを灯《とも》せていたらうれしいです。

みなさんとまたお会《あ》いできますように。

感謝《かんしゃ》の気持《きも》ちをこめて　柴野理奈子《しばのりなこ》

※柴野理奈子先生《しばのりなこせんせい》へのお手紙《てがみ》はこちらに送《おく》ってください。

〒101−8050　東京都千代田区一ツ橋《とうきょうとちよだくひとつばし》2−5−10
集英社《しゅうえいしゃ》みらい文庫編集部《ぶんこへんしゅうぶ》　柴野理奈子先生《しばのりなこせんせい》

そうたを
尾行《びこう》ちゅう
P41あたりだよ！
きづかれないように そっとね
そうた
わかった!!
ぬきあち さちあち！
そろり
どろぼう？、
そろり…
ビタン!!
ちなっちゃん!?
材木にコケるちなっちゃんも カワイイね！ 福きつね

集英社みらい文庫

おチビがうちにやってきた!

颯太《そうた》に好《す》きな人《ひと》!?　胸《むな》さわぎのバレンタイン

柴野理奈子《しばのりなこ》　作
福《ふく》きつね　絵

ファンレターのあて先
〒101-8050　東京都千代田区一ツ橋2-5-10　集英社みらい文庫編集部
いただいたお便りは編集部から先生におわたしいたします。

2025年1月29日　第1刷発行

発 行 者　今井孝昭
発 行 所　株式会社 集英社
〒101-8050　東京都千代田区一ツ橋2-5-10
電話　編集部 03-3230-6246
読者係 03-3230-6080
販売部 03-3230-6393（書店専用）
https://miraibunko.jp
装　丁　中島由佳理
印　刷　TOPPAN株式会社
製　本　TOPPAN株式会社

★この作品はフィクションです。実在の人物・団体・事件などにはいっさい関係ありません。

ISBN978-4-08-321888-0　C8293　N.D.C.913　190P　18cm

「みらい文庫《ぶんこ》」読者《どくしゃ》のみなさんへ

言葉《ことば》を学《まな》ぶ、感性《かんせい》を磨《みが》く、創造力《そうぞうりょく》を育《はぐく》む……、読書《どくしょ》は「人間力《にんげんりょく》」を高《たか》めるために欠《か》かせません。たった一枚《いちまい》のページをめくる向《む》こう側《がわ》に、未知《みち》の世界《せかい》、ドキドキのみらいが無限《むげん》に広《ひろ》がっている。これこそが「本《ほん》」だけが持《も》っているパワーです。

学校《がっこう》の朝《あさ》の読書《どくしょ》に、休《やす》み時間《じかん》に、放課後《ほうかご》に……。いつでも、どこでも、すぐに続《つづ》きを読《よ》みたくなるような、魅力《みりょく》に溢《あふ》れる本《ほん》をたくさん揃《そろ》えていきたい。読書《どくしょ》がくれる、心《こころ》がきらきらしたり胸《むね》がきゅんとする瞬間《しゅんかん》を体験《たいけん》してほしい、楽《たの》しんでほしい。みらいの日本《にほん》、そして世界《せかい》を担《にな》うみなさんが、やがて大人《おとな》になった時《とき》、「読書《どくしょ》の魅力《みりょく》を初《はじ》めて知《し》った本《ほん》」「自分《じぶん》のおこづかいで初《はじ》めて買《か》った一冊《いっさつ》」と思《おも》い出《だ》してくれるような作品《さくひん》を一所懸命《いっしょけんめい》、大切《たいせつ》に創《つく》っていきたい。

そんないっぱいの想《おも》いを込《こ》めながら、作家《さっか》の先生方《せんせいがた》と一緒《いっしょ》に、私《わたし》たちは素敵《すてき》な本作《ほんづく》りを続《つづ》けていきます。「みらい文庫《ぶんこ》」は、無限《むげん》の宇宙《うちゅう》に浮《う》かぶ星《ほし》のように、夢《ゆめ》をたたえ輝《かがや》きながら、次々《つぎつぎ》と新《あたら》しく生《う》まれ続《つづ》けます。

本《ほん》を持《も》つ、その手《て》の中《なか》に、ドキドキするみらい――。本《ほん》の宇宙《うちゅう》から、自分《じぶん》だけの健《すこ》やかな空想力《くうそうりょく》を育《そだ》て、〝みらいの星《ほし》〟をたくさん見《み》つけてください。

そして、大切《たいせつ》なこと、大切《たいせつ》な人《ひと》をきちんと守《まも》る、強《つよ》くて、やさしい大人《おとな》になってくれることを心《こころ》から願《ねが》っています。

2011年《ねん》　春《はる》

集英社《しゅうえいしゃ》みらい文庫《ぶんこ》編集部《へんしゅうぶ》